W0298433

www.lenos.ch

Julia Kohli

Böse Delphine

Roman

Lenos Verlag

Der Verlag dankt der Studer/Ganz-Stiftung und der Fachstelle Kultur Kanton Zürich für die Unterstützung.

Der Lenos Verlag wird vom Bundesamt für Kultur mit einem Strukturbeitrag für die Jahre 2016–2020 unterstützt.

Erste Auflage 2019
Copyright © 2019 by Lenos Verlag, Basel
Alle Rechte vorbehalten
Satz und Gestaltung: Lenos Verlag, Basel
Printed in Germany
ISBN 978 3 85787 496 3

www.lenos.ch

Für Manu

1

Ich folgte Bissig zum Warenlift. Er drückte den Knopf für das dritte Untergeschoss und parkierte seinen Transportwagen neben mir. Wir schwiegen. Er schwieg besser.

Im Lift starrte ich auf die gestapelten Zeitschriftenbündel auf seinem Wagen und vermied Augenkontakt. Es war kurz vor sechs Uhr morgens. Aus unerklärlichen Gründen stimmte mich das euphorisch. Als öffnete sich bald ein Tor zu einer besseren Welt. Vielleicht war es auch das Kerosin, das am Flughafen durch alle Ritzen drang. Bewegung, Kraft und Zukunft lagen in diesem beissenden Dunst.

Der Lift setzte sich unsanft in Bewegung, sog Bissig und mich nach unten und liess die Bündel auf dem Wagen erzittern. Eines fiel sofort herunter. Ich hob es auf und platzierte es wieder an seinen Ort. Bissig rückte es zurecht und liess seine Hand auf dem Bündel ruhen. Er traute mir offenbar nicht. Es war mein erster Tag am Flughafen.

Unter der Erde angekommen, betraten wir ein Betonlabyrinth. Ich begleitete Bissig durch den niedrigen, engen Gang. Mangelhaft isolierte Kabel ragten alle paar Meter wie Fühler aus den rohen Wänden. Ich bemühte mich, in der Mitte zu gehen. Vielleicht war da Starkstrom. Arbeiter in blauen Overalls kamen uns entgegen. Ein älterer runder Mann salutierte und zwinkerte mir dabei zu.

Wir erreichten den Raum, in dem die Arbeit verrichtet werden sollte. Der Lagerraum für sämtliche Flughafenkioske. Zeitschriften und Kisten stapelten sich hier. Es roch nach Desinfektionsmittel und Keller. An der Wand vor mir hing ein Poster, auf dem sich eine nackte Blondine räkelte. Ihre Haut spannte sich über ihren prallen, muskulösen Körper und schimmerte in öligem Braun. Härter als die Betonwand. Die Brüste, dem Bersten nahe, schielten sinnentleert in Bissigs neonbeleuchteten Kellerraum. Breitbeinig – in Cowboystiefeln – stand sie vor einem Motorrad und mimte den Katzenblick. Den rechten Zeigefinger hielt sie neckisch im Mund. Ihr zur Fratze verzogenes Gesicht erinnerte mich an Billy Idol.

Während ich direkt vor der nackten Blondine stand und sie neugierig betrachtete, tat Bissig nichts dergleichen und redete mit sich selbst. Wahrscheinlich war die Idee mit dem Bild auch nicht seine gewesen. Es musste das Relikt seines Vorgängers sein – ich stellte mir einen buckligen Knilch vor.

Bissig seufzte laut, als hätte er meine Gedanken gehört. Er setzte sich an seinen Schreibtisch und hantierte unmotiviert mit Lieferscheinen.

Der hölzerne Tisch war auf der Schreibfläche mit einer hässlichen hellgrünen Plastikschicht überzogen worden. Das Ding schien es aus den Fünfzigern bis in den Flughafenkeller geschafft zu haben. Die Farbe des Plastiküberzugs erinnerte mich an die graugrüne Hermes-Schreibmaschine, die im Haus meiner Eltern im Estrich stand. Als Kind hatte ich Stunden unter dem Dach verbracht, sinnlose Wortfragmente auf Papierfetzen getippt und mit Gewalt an den silbernen Hebeln gezogen. Ich lag oft vor der Maschine und schaute mitten in dieses tote Orchester aus Buchstaben. Immer wieder versuchte ich den Prozess zu studieren, vom Druck auf die Taste zum Aufschlag. Etwas an dieser eiskalten Maschinenlethargie machte mich wütend. Ich trieb es mit Tippen bald auf die Spitze. Das Band verhedderte sich, das fröhliche Klingeln wurde immer dumpfer.

Der Anblick von Bissigs Schreibtisch beelendete mich. Die Schweiz in den fünfziger Jahren: Bunker, Chalets, Stewis, »administrativ Versorgte«, dick bebrillte Schriftsteller, die ihrer Sekretärin an den Hintern fassten und von ihren sexuellen Abenteuern in Paris schwafelten. Wieso hatte ich diesen Job angenommen?

Bissig trödelte weiter vor sich hin, summte ein Lied und redete kein Wort mit mir. Nach fünfminütigem Schweigen brach er die Stille und erklärte mir die Zeitschriftenzirkulation: woher die neuen Magazine kämen, was mit den alten Magazinen geschehe und welche Gefahren in diesen Arbeitsprozessen lauerten. Nein, die alten Hefte würden nicht einfach verschenkt oder gar weggeworfen, wie manch naiver Mensch glauben wollte. Das Zeug müsse penibel registriert und gebündelt werden. Das Bündeln überhaupt stelle eine der Hauptaufgaben der Kioskarbeit dar, erfuhr ich. Bündeln sei auch nicht einfach Bündeln. Das perfekte Paket zu schnüren sei gar nicht so einfach. Nicht zu dick solle es sein, aber auch nicht zu flach. Circa zwanzig Zentimeter hoch. Und Achtung! Die Kanten: scharf wie Rasierklingen! So mancher habe sich schon eine tiefe Schnittwunde beim Hantieren mit Heften geholt. Das Allerwichtigste sei die Qualität der Schnurbindung. Am besten schnüre man mit einem Doppelstrang, so vermeide man, dass die Bündel plötzlich auseinanderfielen. Dies könne nämlich später passieren, wenn die Pakete auf den Laster geworfen werden. Und diese Typen von der Transportfirma, so versicherte mir Bissig mit abfälligem Blick, die seien nicht besonders zimperlich.

Ich hatte bald zwanzig Bündel geschnürt und verspürte eine gespenstische Zufriedenheit. Jedes Bündel ein Abschluss, jedes Bündel ein Abschied. Registriert, abgestrichen, aufgeladen. Ich hatte noch nichts falsch gemacht. Bissig redete nun immerzu; er war auf den Geschmack gekommen. Doch ich konnte ihm nicht mehr folgen. Meine Gedanken glitten auf den Hochglanzmagazinen ab, stürzten in die Schluchten der wackligen Bündeltürme, folgten den farbigen Schnüren hinauf und hinunter und legten sich zwischen den Gartenzeitschriften zur Ruhe. Ich versuchte mich an Elias' Gesicht zu erinnern.

Zuerst sah ich seine Zähne wieder. Agent Dale Cooper in *Twin Peaks* hatte ähnliche. Gesunde, nicht perfekte, aber ordentliche Zähne. Zuversichtliche Zähne. Je mehr ich mich darauf konzentrierte, desto undeutlicher wurde das Bild wieder. Auch der Rest des Gesichts verschwamm.

Ich schaute auf. Bissig sortierte Ware im Gestell. Seine Gestalt glich einem Kegelmännchen. Ich schätzte ihn auf Mitte vierzig. Die dunkelblaue Latzhose betonte seinen Bauch fast grausam. Während sein braunes Haar ölig und dünnfädig nach hinten gekämmt war, schmiegte sich als Gegenstück dazu ein fast schon verwegener, struppiger Schnurrbart an seine Lippen.

Ich begann mir sein Leben vorzustellen. Wie er wohl seinen Feierabend verbrachte? Ich ahnte, dass er einsam war, und er tat mir leid. Doch würde ich mit ihm Zeit verbringen wollen? Ob er Prostituierte besuchte? Vielleicht mochten ihn die Prostituierten, er war einer der verlorenen, gutmütigen Kerle. Ich stellte mir Bissig schwitzend und röchelnd auf einer schmuddeligen roten Steppdecke vor. Unappetitlich, aber harmlos. Er würde sich kümmern, sollte es zu einer Schwangerschaft kommen. Nein, er würde sich sogar freuen und der Betroffenen damit auf die Nerven gehen. Bestimmt besuchte er immer dieselbe

Frau. Zu viel Abwechslung war nichts für ihn. Alles musste seinen Platz haben, keine Eile, keine Überraschungen.

Als das Bündeln erledigt war, ging es raus. Hinauf. Wir mussten nun die Kioske mit Zeitungen und Magazinen beliefern. Wie ein treuer Hund lief ich Bissig hinterher und machte Bekanntschaft mit den Kioskverkäuferinnen. Man war stets freundlich. Ich war jetzt eine von vielen mit rot-weiss gestreiftem Hemd, in der Hierarchie irgendwo zwischen Putzfrau und Stewardess. Tiefer als die Verkäuferinnen im eleganten Pralinenshop, höher als diejenigen beim Burger-Take-away. Tiefer als die Bankangestellten, etwa auf derselben Stufe wie die fröhlichen Männer auf den Putzmobilen, die langsam und zuverlässig ihre Kreise zogen – in diesem Moment Erbrochenes beseitigten und einen nassen Streifen hygienischer Illusion zurückliessen.

Die Sommersonne heizte die Glasverkleidung des Flughafens auf, und ich sah, wie der Himmel am Horizont lieblich orange-gelb durch das Kerosin flimmerte. Als würde sich die Welt hinter dem Flughafen auflösen – eine erstaunlich beruhigende Vorstellung.

Ich befand mich am Puls der Welt, in einer sicheren Festung. Nur der Boden vibrierte durch die vorbeirollenden Koffer. Die Wichtigkeit des Menschen und seiner Destination legte sich wie ein penetrantes Eau de Toilette über die einfachsten Dinge. Selbst die

Flughafenpflanzen schienen verheissungsvoll in ihren Töpfen zu sitzen und gespannt auf die charmant gehauchten Durchsagen zu hören.

Nach der einstündigen Episode am Tageslicht verschwanden Bissig und ich wieder im Keller. Er hatte sich kleine Aufgaben ausgedacht, die er mir zutraute. Ich sollte mit einer Preispistole Etiketten auf Kioskware kleben. Das Gesetz verlange es leider so. Bissig seufzte.

Hunderte von Kaugummis warteten darauf, ausgezeichnet zu werden. Ich leerte sie aus, etikettierte jede Kaugummipackung und legte sie einzeln wieder zurück in ihre Kiste, dicht beieinander, in Reih und Glied. Heimlich freute ich mich über diese Arbeit, da sie mir erlaubte, meinen Gedanken nachzuhängen.

Ich stellte mir ein Treffen mit Elias vor. In einer dunklen Bar – irgendwo am Stadtrand. Wir würden uns gegenübersitzen und uns verlegen anlächeln. Wir hätten uns bestimmt viel zu erzählen.

Ich betrachtete meine Hände. Sie waren vom Bündeln ganz aufgeraut. Ein dünner Schnitt zog sich dem rechten Daumen entlang. Als ich die Wunde zusammendrückte, quoll ein Tropfen Blut heraus. Bissig hatte recht gehabt.

Schnell entwickelte ich ein gewisses Talent im Preisauszeichnen. Rhythmusgefühl und Feinmotorik waren ausschlaggebend. Da die Pistole klemmte, musste ich mich auf diese kleine Tücke einlassen wie auf ein bockiges Pferd. Bald harmonierte ich mit der Pistole und ihrem Fehler. Ich zielte und klebte im Takt des Kioskuniversums. Innert kurzer Zeit hatte ich vier Kisten Ware ausgezeichnet.

Bissig schien ob meinem Eifer etwas ratlos. So hatte er sich das offenbar nicht vorgestellt. Er riet mir, eine Pause zu machen und einen Kaffee trinken zu gehen, ihm werde bestimmt noch etwas einfallen. Ich irrte fünf Minuten in den grauen Gängen herum, fand den Lift zum Glück wieder und steuerte im Erdgeschoss ein Café an.

Mit einem Cappuccino in der Hand setzte ich mich auf eine Bank nahe der Passkontrolle und weinte kontrolliert. Das hatte ich mir mal beigebracht. Ich liess die Tränen langsam ansteigen, blinzelte jedoch, bevor sie über den Rand zu kullern drohten. So heulen privilegierte Menschen, die in ihrem Leben Fehlentscheidungen getroffen haben.

Ich war nun siebenundzwanzig. Die letzten sieben Jahre hatte ich in einer heruntergekommenen Buchhandlung gearbeitet. Vor einem halben Jahr hatte ich begonnen, Geschichte zu studieren. Geschichte, weil man die Vergangenheit nicht mehr ändern konnte. Eine Flucht in eine Fundgrube ohne Ende. Ich stellte mir vor, dass ich mich darin verlieren würde und nie wieder auftauchen müsste.

Meine ehemaligen Schulkollegen doktorierten mittlerweile, gründeten Firmen, bekamen Kinder und reisten nach Kamtschatka und auf die Fidschi-Inseln. Eine Bekannte doktorierte sogar in diesem Moment auf den Fidschi-Inseln.

Wieso nicht Buchhändlerin werden, hatte ich damals gedacht. Immer Bücher um sich haben. Die Tatsache, dass Kunden in den Laden kommen würden, verdrängte ich. Schnell merkte ich, dass ich kein Talent hatte, Menschen Bücher aufzuschwatzen, und noch weniger hatte ich Lust, in ihre fordernden, ewig unzufriedenen Augen zu schauen. Bald hatte ich mich komplett ins Büro zurückgezogen, schrieb dort Rechnungen und Mahnungen. Es hätte noch zwanzig Jahre so weitergehen können, wäre das Geschäft nicht pleitegegangen.

Die Gelegenheit für den Absprung. Umorientieren, optimieren, sich neu erfinden, sich neu erzählen, sein Potential ausschöpfen, hatte es auf dem Arbeitsamt geheissen.

Ich entschied mich für ein Studium und einen flexiblen Job. Mit den Flughafenkunden würde ich schon irgendwie zurechtkommen, dachte ich leichtsinnig. Optimieren würde ich mich später.

Der Mief der alten Buchhandlung, so wurde mir nun bewusst, haftete jedoch immer noch an meiner Haut. Ich hatte mich an das Entziffern unleserlicher Karteikarten und das Schreiben auf Kohle-Durchschlagpapier an der Schreibmaschine gewöhnt. Zwischen den Parkettfugen in meinem ehemaligen Büro steckte der Staub mehrerer Jahrzehnte, wenn nicht Jahrhunderte. Es gab im Laden dunkle Ecken, wo sich niemand je zu schaffen machte. Der Putz fiel regelmässig von den hohen Wänden, so dass mir jeweils Krümel und ganze Brocken entgegenkamen, wenn ich einen Ordner aus dem Gestell zog. Ich hatte schon damals geahnt, dass sich dieses Reich auflösen würde.

Ich vermisste die meditativen Morgenstunden, in denen ich nach Diktat des achtzigjährigen Chefs Zahlen für die Mehrwertsteuer in einen Rechner eintippte. Ich konnte das absolut fehlerfrei und war stolz darauf. Wie ein trainierter Affe. Ich mochte das Geräusch des Rechners, der bei jeder Summe ratterte und Zahlen wie ein kleines Maschinengewehr auf den Papierstreifen hämmerte. Auch der Versand von Hunderten Werbeprospekten hatte mich nie gestört. Ich konnte vier Stunden in der gleichen Position verharren, immer wieder den gleich gefalteten Bogen um Prospekte legen und in einen Umschlag stecken.

Die Idiotenarbeit war Gold wert. Sie erlaubte mir Schwimmversuche im eigenen, dunklen Ozean. Es zog mich in die Tiefe. Dort unten floss alles ineinander. Ich wurde zu anderen, die anderen wurden ich. Ich hielt ängstliche Hände. Vielleicht meine. Oder ich unterhielt mich mit Tieren, hatte Sex in einem

Sarg in Camden Town, mit einer jüngeren Version von Robert Smith. Dies alles, während mein Chef sich mit seinem löchrigen Stofftuch die Nase putzte und seine Hornbrille richtete.

Ich trauerte einer Zeit nach, die es für mich nie gegeben hatte. Ich hatte mich nur in deren Staub gesuhlt. Dieser Staub hatte mich eingelullt, mit mir Schabernack getrieben und mich träumen lassen.

Vielleicht wollte ich auch nur meine Ruhe. Ich hatte diese schon gewollt, als ich sehr jung war und man mich zwang, neue Kinder kennenzulernen. Kinder, die mir immer wieder von meinen Eltern, Bekannten und Grosseltern vorgestellt wurden. Quirlige, abenteuerlustige Akrobaten und Prinzessinnen. Claudias, Natalies, Stefans und Jacquelines, mit denen ich mich anfreunden sollte. Sie machten mir Angst. Ich erinnere mich an eine Nadja, die mir im Garten wie besessen den Spagat vorführte. Ich sass dort, sah zu, und es wurde mir bewusst, wie beschissen es doch ist, ein Kind zu sein. Was sollte ich mit diesem Spagat? Ich schwor mir, in Zukunft Freunde zu suchen, die keinen Spagat machten.

Es war absehbar, dass ich an einem Zwischenort landen würde. Zwischen Ankunft und Abflug, in einer milden Vorhölle.

Ich blickte in den leeren Kaffeebecher und schüttelte den Rest Schaum, der noch am Boden klebte. Er wollte sich nicht lösen.

Vor den Schranken der Passkontrolle spielten sich kleine Dramen ab. So kurz vor der Grenze wurden Hemmungen abgelegt wie Kleider an einem Nacktbadestrand. Man fühlte sich in dieser Zone zu Gefühlsausbrüchen legitimiert. Ich freute mich. Die Emotionen anderer kamen mir gelegen. Wie der jämmerliche Clown Pierrot sass ich auf meiner Bank – eine Träne im Augenwinkel –, während sich Paare und Familien trennten. Ich hörte sie letzte, bedeutungslose Worte austauschen, unbeholfene Floskeln, wie sie in Familien so hin- und hergeworfen werden. Wir werden dich vermissen. Pass auf dich auf. Jaja, Mami. Treib's nicht zu wild. Werd ich nicht. Schreib uns. Und so weiter.

Ein Mitarbeiter der Putzbrigade fuhr mit seinem Elektrowagen an mir vorbei und grüsste mich. Ich hob verlegen meine Hand und blickte mich kurz um. Wir hatten uns noch nie gesehen. Mir wurde plötzlich bewusst, dass ich nun Teil einer verschworenen Gemeinschaft war. Ich schaute runter auf mein gestreiftes Hemd.

Halina! Mein Name schallte durch die Abflughalle. Was machst du hier? Meine Gedanken stürzten ins Leere, als ich die Frau in kanarienvogelfarbigen Strandkleidern sah. Dann erkannte ich Nora wieder. Wir hatten als Teenager zusammen einen Kurs für autogenes Training besucht. Damals war sie stets barfuss unterwegs gewesen, mit bimmelnden indischen Ketten an den Fussgelenken. Sie hatte ein paar Monate in einer Psychiatrie verbracht, so viel wusste ich noch. Drogenprobleme, bipolare Störung, Depressionen.

Ich arbeite, also jobbe hier, also im Buchkiosk, also noch nicht wirklich, ist erst Einführung im Lager, muss die Abläufe kennenlernen. Das »Buch« im Buchkiosk hatte ich extra betont. Wahrscheinlich, weil es eine Spur weniger trostlos klang als nur Kiosk. Was die ganze Sache unendlich trostlos machte. Ist mein erster Tag, ergänzte ich und zuckte mit den Schultern, als hätte ich etwas verbrochen.

Nora hatte beängstigende Glubschaugen. Sie glänzten wissbegierig und tanzten gefährlich prall über mir, als könnten sie jeden Moment aus ihren Höhlen springen.

Sie reise nach Hawaii, um zu surfen, so wie jedes Jahr. Sie habe eine Stelle als Sozialarbeiterin und dieser Urlaub sei der einzige Ausgleich zu all den Elendsgeschichten. Sie fuhr sich durch das kurzgeschnittene blondierte Haar und blickte auf die Anzeigetafel.

Es dauerte etwa zwei Minuten, bis eine peinliche Stille eintrat. Eine Ewigkeit her, hm … Ja. Wir würden uns nicht nach unseren Telefonnummern fragen, das wussten wir. Unsere Wege trennten sich. Tschüss. Tschau. Mach's gut. Schöne Reise.

Ein Anflug von Neid überkam mich. Nora war ein Phönix. Sie hatte ihre Abgründe erkundet, um jetzt ein richtiges Leben zu leben. Bald würde sie in Hawaii auf riesigen Wogen reiten. Geläutert, allein und stärker als je zuvor. Von der Misere zur Erleuchtung. Ich fühlte mich von Noras Strahlen angesengt und sehnte mich nach dem Keller. Mit erhöhtem Pulsschlag kehrte ich zurück zu Bissig.

Nach intensivem Nachdenken war ihm noch eine Aufgabe für mich eingefallen. Ich sollte im Lager nebenan die Regale abstauben. Der neue Raum war noch trostloser als der erste. Nicht einmal eine nackte Frau hing an den Wänden. Hohe graue Metallgestelle reihten sich aneinander. Traurige, unbrauchbare Relikte eines Kiosklebens wucherten aus alten Kisten. Ein riesiges Pappschild, das verschiedene Eissorten anpries, lehnte an der Wand und erinnerte an einen längst vergangenen Sommer. Das blaue Putzmittel verströmte eine ätzende Frischenote. Ich kannte es. Das billigste, 2.90 das Stück.

Den Rest des Tages verbrachte ich abwechselnd auf allen vieren am Boden oder auf der Leiter. Ich putzte penibel jede Stelle, auch die oberste Ablage, die ohne Zweifel nie einem Blick ausgesetzt war. Egal. Abstauben, hatte Bissig gesagt, also staubte ich ab. Eins nach dem anderen.

Durch die Verbindung von Putzmittel, Metall und Staub spürte ich zum ersten Mal seit meiner letzten Bronchitis, dass ich Lungen hatte. Obwohl mir das Atmen immer schwerer fiel und es irgendwo in mir drin rasselte, leerte ich einen schmutzigen Wasserkessel nach dem anderen. Die Stunden flogen vorbei, und plötzlich war meine erste Schicht beendet. Es war zwei Uhr nachmittags. Ich hatte nichts gegessen.

Im Zug machte sich eine vollkommene Taubheit in mir breit. Trotz Müdigkeit konnte ich die Augen nicht schliessen. Vor dem Zugfenster tanzten Beton und Graffiti rhythmisch ihren elektrischen Tanz mit den Stromleitungen, Sonnenstrahlen flackerten hinter den Hochhäusern der Agglomeration hervor. Die Wirklichkeit jenseits des Flughafens schien mir wie ein schmutziges Abziehbild, das sich immer und immer wieder ablöste. Ich fiel in einen Sekundenschlaf und zuckte zusammen, als mich das gnadenlos fröhliche Sommerlicht nach einem Tunnel wieder traf.

In einem öffentlichen Schwimmbad sass ein gebräunter Typ auf einem riesigen Spiderman-Badetuch und rieb sich in Zeitlupe Sonnencreme auf die Waden, neben ihm stand ein Ghettoblaster. Der Anblick befremdete mich vom Zugfenster aus, als hätte ich Einblick in ein exotisches Terrarium. Das Konzept Schwimmbad schien mir plötzlich bizarr. Da sassen diese Wesen und brieten sich in der Sonne auf seltsamen Tüchern, die ihre Individualität unterstreichen sollten. Dann kühlten sie sich im Wasser ab. Dann wiederholten sie das Ganze. Dann paarten sie sich irgendwo, weil sie sich im Schwimmbad kennengelernt hatten. Dann würde der Nachwuchs bald auch ins Schwimmbad gebracht werden. Und so weiter. Ein merkwürdiger Zyklus. Ich stutzte, als ich die Durchsage hörte. Ich war in die falsche Richtung gefahren, stadtauswärts.

Als ich auf den nächsten Zug zurück wartete, zog ich Bilanz. Ich hatte mich eindeutig zu sehr treiben lassen in meinem Leben. Ich hatte mich in Tagträumen verloren, hatte anderen zugesehen, wie sie Reisen planten, ihre Sachen packten, Träume verwirklichten, Karrieren verfolgten. Währenddessen war ich im Staub versunken. Und ich hatte mich ausschliesslich in Schwachsinnige verliebt – und Schwachsinnige hatten sich in mich verliebt.

Bruchstücke und Unausgegorenes bestimmten mein Leben. Es wimmelte von unbrauchbaren Fragmenten, unnötigen Affären, schlechten Schnappschüssen. Da war keine Klammer, die alles umschloss. Alles franste aus, genau wie meine Verwandtschaft, die sich auf der ganzen Welt niedergelassen hatte und aus mindestens zwanzig Nationen bestand. Die wenigsten von ihnen hatte ich je zu Gesicht bekommen. Und meine Eltern hatten es nie für nötig gehalten, ein Familienalbum zu führen, Stammbäume zu studieren. Zu spiessig. Hunderte von Polaroidfotos stapelten sich stattdessen in hässlichen grauen Plastikschachteln im Estrich. Manche klebten jetzt unzertrennlich aneinander und zerstörten sich gegenseitig.

Ich hatte niemanden ermordet. Trotzdem kreiste immerzu ein schlechtes Gewissen über mir wie ein Aasgeier. Irgendetwas nagte an diesem vermaledeiten Triebwerk. All die mediokre Vorstadtscheisse aus meiner Jugend bildete den Zündstoff für meine einfältigen Fluchtträume. Bald tanzte ich auf Hochhäusern in Singapur, bald sass ich am Strand eines Ozeans und streichelte eines meiner geretteten Ponys, bald malte ich Ölbilder in der Bretagne oder wurde mit meiner Online-Pyjamakollektion Millionärin.

Im Vergleich zu sonnengebräunten, musikhörenden Menschen auf Spiderman-Badetüchern wirkte mein Leben wie ein staubiger Knäuel voller spitzer Knochensplitter. Tot und gleichzeitig unausgereift. Keine Stringenz, nur Willkür, Flickwerk, Stümperei. Ich dachte an die Greifvögel, die solche Knäuel aus Restknochen, Flügeln und Pelz ausspeien, wir hatten dies in der Primarschule gelernt. Ich googelte. Gewölle hiessen die Dinger. Bilder von grauen Klumpen erschienen. Aus einem ragte eine vorwurfsvolle Kralle.

Die Müdigkeit hatte mich ganz klein gemacht, als ich schliesslich am Hauptbahnhof ankam. Ich beschloss, trotzdem zu Fuss nach Hause zu gehen. Es waren nur zehn Minuten.

Der Asphalt kochte unter mir. An einigen Stellen waren Schuhabdrücke zu sehen. Es musste vierzig Grad sein. Ich atmete ein, mir wurde schwindlig, und der Schweiss brach mir aus allen Poren. Als würde ich auftauen.

Ich vermied es, Leuten in die Augen zu schauen. Dafür nahm ich den Boden in einer Klarheit wahr, die mich erstaunte. Die Risse und Steinchen, die vertrockneten Kaugummis, die seltsamen, mit kryptischen Inschriften versehenen Kanaldeckel, gelegentlich ein Grasbüschel, das sich emporgekämpft hatte. Im Langstrassenquartier kamen bald vertrocknete Überreste von Erbrochenem dazu. Ein Kondom hing müde an einem Busch, dazu gesellten sich verstreute Pizzaflyer.

Als ich vor der Eingangstür im Erdgeschoss stand, überkam mich ein unbekanntes Frösteln. Über die hellen Bodenfliesen vor der Tür zog sich eine eingetrocknete Blutlache. Die kleine Treppe davor war ebenfalls verschmiert. Rostrote Taschentücher zeugten davon, dass jemand den Blutfluss zu stoppen versucht hatte. Mir wurde flau. In der Ecke unter den Briefkästen gesellte sich Urin zum Blut – dem Gestank nach verdünnt mit Bier. Ich schaute mich um. Niemand schien das grausame Gemisch zu interessieren.

Während ich aufgeregt nach meinem Schlüssel fummelte, versuchte ich, die unbefleckten Stellen am

Boden zu treffen. Ich schaffte es, die Eingangstür zu öffnen, und huschte den dunklen Korridor entlang. Aus der Spelunke im Erdgeschoss drang Stimmengewirr. Ich prüfte meine Schuhsohlen auf Blut- oder Urinspuren. Da war zum Glück nichts.

Im dritten Stock angekommen, schloss ich die Tür hinter mir und drehte den Schlüssel zweimal energisch bis zum Anschlag. Als hätte ich den ganzen Tag unter Wasser verbracht, schnappte ich erleichtert nach Luft.

Woher kam das Blut? Es war noch nicht Zeit für die Abendnachrichten. Ich suchte im Internet nach »Messerstecherei Zürich« und begrenzte meine Suche auf die letzten vierundzwanzig Stunden. Fünf Zeitungen hatten berichtet. Es war aber keine Messerstecherei gewesen. Einer Frau sei im Kreis 4 ins Bein geschossen worden, stand da. Sie sei nicht in Lebensgefahr. Man suche Zeugen. Wahrscheinlich eine Beziehungstat, folgerte ich. Es gab also keinerlei Grund, sich Sorgen zu machen, redete ich mir ein.

Nach einer kurzen Recherche auf den Seiten der gängigen Boulevardblätter entdeckte ich eine Fotografie der blutverschmierten Treppe. Meiner Treppe. Ein Absperrband der Polizei war dort aufgespannt. Die Tat habe sich kurz vor sechs Uhr morgens ereignet, las ich in der Bildlegende – etwa dann, als ich mit Bissig im Lift stand und das Paket zu Boden fiel.

Bluttat an der Dienerstrasse, titelte ein kühnes Regionalblatt. Bluttat. Was für ein Wort. Gedankenverloren tippte ich es ein und drückte auf Suchen. Eine Punkband erschien, sie sei aus einer anderen Formation namens Pissrinne hervorgegangen. Ich hörte mir den Song *Abendbrot* an. Heute fügte sich alles zusammen.

Ich ging ausgiebig duschen.

Da ich am nächsten Morgen wieder um halb fünf aufstehen musste, hatte ich in einem Anflug von Vernunft eingeplant, genau um neun schlafen zu gehen. Nach einem Glas Rotwein, einem Kamillentee und einer pflanzlichen Beruhigungstablette begann ich zu ahnen, dass mir Schlimmes bevorstand.

Um zwölf Uhr sass ich auf der Toilette und musterte die Mosaikfliesen unter meinen Füssen. Es mussten insgesamt neunhundert Steinchen sein, schätzte ich. Ich schaute zum kleinen Fenster über der Dusche. NICHT ÖFFNEN!, stand dort in Rot auf einem vergilbten Zettel. Der Vormieter hatte mir die Warnung freundlicherweise hinterlassen. Berge von Taubenscheisse türmten sich angeblich hinter dem Fenster. So schlimm, dass wahrscheinlich die Pest oder Ähnliches ausbräche, würde ich es öffnen.

Zurück im Bett, drückte ich mir die Ohrstöpsel tief in die Gehörgange. Sie quollen auf wundersame Weise auf, und es legte sich eine dicke Ruhe über den

Strassenlärm. Die murmelnden Männerstimmen versanken zuerst, dann auch das Gackern der betrunkenen Frauen. Ich wähnte mich unter einer Schneeschicht. Über und unter mir ein Kilometer Stille. Die leichte Decke über mir weder zu warm noch zu kalt. Ich hörte mein Herz. Es schlug eine Spur zu hart, dünkte mich, zu aufdringlich. Wahrscheinlich der Wein. Und die Zigaretten.

Ich hörte meinem Innenleben immer aufmerksamer zu und meinte nun, Unregelmässigkeiten im Herzschlag zu erkennen. Einmal pausierte mein Herz zu lange. Dann zuckte es aufgeschreckt weiter, als hätte es kurz seine Aufgabe vergessen. Müsste ich es von nun an überwachen?

Ich meisterte meinen Anflug von Hypochondrie, indem ich wieder an Elias dachte. Ein Park in der Nacht. Ein kühler Park in der Nacht. Ein kühler, dunkelgrün schimmernder Park. Elias würde mir seine Jacke ausleihen. Wir sässen auf einer Bank. Wir sässen sehr lange dort. Wir würden uns über etwas Gehaltvolles unterhalten, keine Floskeln. Nicht allzu intellektuell und mit Witz. Sarkastisch, aber nicht zynisch. Zynisch ist für Verlierer. Dann würden wir uns einen Moment zu lange in die Augen schauen, uns wieder verschämt voneinander abwenden und in die Ferne starren. Und dann würde wohl etwas passieren.

Ich zuckte zusammen. Adrenalin schoss in meine Finger- und Zehenspitzen. Doch da war nichts. Ausser der Endlichkeit. Nichts als der Gedanke daran, dass nur eine hauchdünne Hautschicht meinen Körper umhüllt. Dass sich Gedärme in mir winden und mein zusammengewursteltes Gehirn in einer Flüssigkeit flutscht und überflüssige Gedanken über irgendwelche grüne Parks produziert.

Ich fühlte nach meinen Puls. Bestimmt hundertvierzig. Ich schlug mit der Faust ins unschuldige Kissen, grunzte wütend und vergrub mein Gesicht wieder in den Daunen. Im selben Augenblick sah ich die Pompejaner vor mir. Momentaufnahmen dieser elenden erstarrten Gestalten. Seit ich denken konnte, drängten sich die Pompejaner nachts in meinen Kopf. Sie hatten wohl nichts Besseres zu tun. Das erste Mal hatte ich sie als Kind in einem Bildband gesehen. Idiotisch grinsende Visagen, versteinerte Skelette, im Schmerz verkrümmte Mumien. Mal umarmten sie sich, mal waren sie zu Haufen getürmt. Irgendjemand, wahrscheinlich meine flötenspielende Nachbarin mit den Alpaka-Wollpullovern, hatte gesagt, wie unendlich schön dieses eine sich umarmende Paar doch aussehe. Schon damals glaubte ich nicht daran. Bei lebendigem Leib begraben zu werden ist nicht romantisch. Wer weiss, was die Pompejaner noch alles vorgehabt hätten.

Carpe diem!, rief eine Stimme in mir. Der verdammte Club der toten Dichter meldete sich zur frühen Morgenstunde. Was sagen dir die Bilder der

Pompejaner?, flüsterte die Stimme. Sei still!, zischte ich zurück. Ich muss Geld verdienen, und du hast keine Ahnung vom wahren Leben – verpiss dich, Carpe diem! Ich schwitzte vor Wut. Mein T-Shirt war bald durchnässt.

Ich ging erneut duschen.

Zurück im Bett, fand ich den Weg zum kühlen Park nicht mehr. Da war nur die beängstigende Vision, nie wieder einen anderen Job zu finden, abzustürzen, wahnsinnig zu werden. Mit Bissig im Keller.

Ich versuchte, still zu liegen. Was, wenn das ganze Haus unter mir zusammenbräche? Dies war nicht ganz unwahrscheinlich, das Gebäude war bestimmt schon zweihundert Jahre alt und windschief. Lief man den Flur entlang, war da ein kleiner, kaum wahrnehmbarer Hügel. Manchmal klemmte eine Tür, am nächsten Tag öffnete sie sich von allein. Das Haus atmete. Was mir tagsüber freundlich schien, bedrohte mich nachts. Manchmal rieselte es auf mein Bett, wenn der Nachbar über mir in sein Zimmer stapfte. Wann hatte die Verwaltung zuletzt einen Statiker zur Kontrolle beauftragt?

Ich stellte mir vor, die Hauswand bräche zur Strasseneite ab. Weil mein Zimmer eine leichte Schieflage aufwies, würde ich langsam vom dritten Stock meinem sicheren Tod entgegenschlittern. Mein Bett und ich würden vielleicht etwa zur selben Zeit auf dem Pflaster aufschlagen. Vielleicht würde die hinterherfliegende Daunendecke meinen zertrümmerten und blutenden Körper sanft den Blicken der staunenden Anwohner entziehen. Es wäre bestimmt weniger traumatisch für die Schaulustigen. Dieser Gedanke liess mich seltsamerweise endlich einschlafen.

2

Das Klingeln des Weckers glich einer Erlösung. Trotz Müdigkeit schritt ich stramm in die Dusche und summte einen debilen Sommerhit. Der Refrain spulte unaufhörlich in meinem Kopf, und ich hoffte, es würde den ganzen Tag so bleiben.

Ich dachte an Beppo, den Strassenkehrer aus *Momo,* als ich mich anzog. Beppo, der glücklich und zufrieden war mit seiner Arbeit, bis er es wagte, die ganze Strasse ins Auge zu fassen. Traurig und mutlos habe ihn diese Aussicht gemacht, erzählte er Momo. Ich nahm mir vor, von nun an Beppos Ratschlag zu folgen und immer nur die nächsten kleinen Schritte im Leben zu beachten. Eine Zeitschrift nach der anderen. Einen Kaugummi nach dem anderen.

Um fünf Uhr war es noch dunkel auf der Strasse. Nicht unbedingt die beste Zeit, um sich im Rotlichtviertel alleine zum Bahnhof aufzumachen. Als ich in eine unbeleuchtete Gasse einbog, stolperte ich über etwas Weiches. Ich nahm mir vor, der Stadtverwaltung mitzuteilen, dass eine zusätzliche Strassenlampe lebensrettend sein könnte. Ein alter Mensch hätte sich sämtliche Knochen gebrochen.

In der nächsten Seitenstrasse hielt sich ein Betrunkener mit beiden Händen an der Hauswand fest.

Seine gekrümmte Silhouette ein einziges Mahnmal. Er würgte apokalyptisch. Es folgte jedoch nichts. Das Geräusch hallte im Dunkeln nach. Eine Prostituierte in Weiss kam mir entgegen; kurz blickten wir uns in die Augen. Es war kein feindseliger Moment. Wie zwei Kometen aus verschiedenen Galaxien zischten wir aneinander vorbei. Das Glitzern ihrer Bluse tanzte vor mir im Dunkeln weiter, tat so, als würde es mir den Weg leuchten. Ihre High Heels klackerten voller Zuversicht in die Unendlichkeit.

Im Zug verfiel ich in einen Halbschlaf. Der Gedanke, wieder in Bissigs Verlies zurückzukehren, liess etwas in meinem Hals heranwuchern. War ich wahnsinnig? Ich würde es als Experiment ansehen, beschloss ich. Ich könnte jederzeit aussteigen. Diese Semesterferien würde ich es aushalten. Im Tunnel zählte ich die Neonröhren, die als Lichtfetzen vorbeiflitzten. Wenn es über dreissig sind, dann wird alles gut. Es waren zweiundvierzig. Ich schloss erleichtert die Augen. Wurde nun alles gut? Oder waren zweiundvierzig zu viel des Guten?

Frühmorgens glich der Flughafen einem schnurrenden, geschmeidigen Tier. Ich bildete mir ein, den sanften Druck der hunderttausend Schlafenden um mich herum zu spüren, während der Boden schon durch die ersten eiligen Rollkoffer erzitterte. Mir schien, ich wandelte in fremden Träumen.

Ein versöhnliches Rosa schmückte den Horizont, und ich holte tief Luft im Benzin- und Kerosindunst auf der Strasse zwischen den zwei Hauptgebäuden. Es war noch angenehm kühl. Der Anblick des Betons beruhigte mich, der Geruch der Abgase machte mich ein bisschen glücklich. Es mussten Kindheitserinnerungen sein. Ein Reisefieber ohne Reise. Ich spürte, dass etwas auf mich wartete. Ein Land war es nicht. Ich setzte mich mit dem Kaffeebecher in der Hand auf eine Mauer und beobachtete die ersten ankommenden Touristen. Der Kaffee schmeckte erstaunlich gut.

Der lehmige Geruch im dritten Untergeschoss war mir bereits vertraut. Bissig hatte sich eine neue Aufgabe für mich ausgedacht. Heute sollte ich aussortierte Bücher registrieren und in Kisten verpacken.

Ich begann mit der Arbeit und merkte bald, dass sie sich problemlos im Halbschlaf erledigen liess. Buchnummer, Autor, Titel, Preis, Anzahl. Die Liste wuchs, die Kisten füllten sich. Meine Hände waren bald grau vom Staub. Ich bemühte mich, jedes Buch sorgfältig zu verstauen, aus Respekt vor der letzten Reise.

Manchmal las ich die Zusammenfassung auf dem Umschlag. Die Selbsthilfebücher weckten mein besonderes Interesse. Eines versprach eine Charakterstudie erfolgreicher Menschen. Ich blätterte kurz darin. Sie gäben nie anderen die Schuld an Misserfolgen, stand unter Punkt eins. Sie hätten Disziplin und feste Routinen, die sie oft schrullig wirken liessen, stand unter Punkt zwanzig. Ein anderes Werk kündigte an, den »Vampiren« im Bekanntenkreis den Garaus zu machen. Angeblich weilten richtige Blutsauger unter uns. Der Schatten eines fiesen, missgestalteten Biests, wahrscheinlich Nosferatu, zierte das Cover. Falsche Freunde, so informierte der Ratgeber, spielten gerne das Opfer, um ihr Gegenüber zu manipulieren. Die Fieslinge seien auch Meister darin, anderen ein schlechtes Gewissen einzureden. *Weg mit ihnen! Sie leben nur einmal,* warnte der Autor, *lassen Sie sich von Vampiren nicht Ihre kostbare Lebenszeit stehlen!* Ich nahm mir vor, in der Pause einen Blick reinzuwerfen.

Um zehn Uhr war es so weit. Mit meinem zweiten Kaffee setzte ich mich auf eine Bank am Strassenrand zwischen den Terminals A und B. Meine Kelleraugen blinzelten in die Morgensonne.

Das Selbsthilfebuch barg wenig Überraschungen. Der Autor musste viele Vampire in seinem Leben getroffen haben, er zählte fünfzehn Arten. Immerhin – so schloss ich – war ich selbst wahrscheinlich keiner. Vielleicht könnte ich es sein, doch ich hatte wohl nicht die nötige Energie dazu. Und welcher Idiot sucht sich solche Freunde aus? Gähnend blätterte ich vor mich hin, darauf bedacht, dass niemand den Titel sah.

Das Registrieren der Bücher neigte sich gegen Mittag dem Ende zu, und ich stellte die zwanzigste Kiste zur Seite. Bissig hatte sich auf Wanderschaft gemacht. Er musste Waren holen und sie irgendwo wieder abladen, ganz genau wusste ich nicht, was er tat.

Ich hatte ihn schon am Tag zuvor beobachtet. Er schob sein Wägelchen gemächlich von einem Kiosk zum nächsten und kehrte alle hundert Meter ein, um sich mit Kollegen zu unterhalten. Die offiziellen Pausen zelebrierte er zusätzlich mit Bedacht. Sein Job ermöglichte ihm die Arbeitsmoral eines Kolchosbauern. Sollte er. Ich war froh, mit den staubigen Büchern allein zu sein.

Bissig kehrte jedoch schneller zurück, als ich gehofft hatte. Dass ich meine Aufgabe bereits erledigt hatte, erfüllte ihn wieder mit Unbehagen. Eine leichte Panik durchzuckte seine Augen. Ich war ihm lästig. Er nickte, setzte sich und griff zum Telefonhörer. Eine Schweissperle bahnte sich ihren Weg von der Stirn zum Schnurrbart. Er schmunzelte und bejahte. Am anderen Ende der Leitung schien eine freundliche Person zu sitzen. Zufrieden legte er auf. Ich solle doch erst mal Mittagspause machen und mich danach bei Frau Mavuzo melden, im Buchkiosk, wo ich später sowieso arbeiten würde.

Der Wechsel kam überraschend. Eigentlich war laut Arbeitsplan eine Woche »Lager« vorgesehen. Ich hatte mich bereits an den Keller gewöhnt, die Stimmung angenommen, meine Gedanken schweifen lassen, und schon musste ich mich wieder davon trennen. Schon wieder neue Leute kennenlernen. Ich schaffte es nicht, Bissig freundlich zu antworten. Ah okay, sagte ich und hievte noch eine Kiste auf den Stapel.

Frau Mavuzo, die beim Einstellungsgespräch nicht anwesend gewesen war, schüttelte energisch meine Hand und schien etwas ausser Atem, als ich sie im Buchkiosk antraf. Ich hielt sie beim Einräumen der angelieferten Bücher auf. Hinter ihr türmten sich Dutzende Kartonkisten. Sie bat mich, beim Einordnen zu helfen, und drückte mir einen Stapel Reiseführer in die Hand. Nach Land oder Stadt ordnen. Das Alphabet beherrschte ich ja wahrscheinlich. Sie blinzelte und lachte schallend. Wenigstens hatte sie Humor.

Ich taumelte etwas, als ich mich von Amalfi, ganz oben im Gestell, zu Zakynthos hinunterbücken musste. Verträumte türkisblaue Buchten waren auf den Reiseführern abgebildet. Ich bastelte mir in wenigen Sekunden mein eigenes Zakynthos in Gedanken, spürte den heissen Sand unter meinen Füssen, sah eine alte Schildkröte an mir vorbeikrabbeln. Es plätscherte, es windete sanft, irgendwo in der Ferne – in weiter Ferne – spielte jemand auf einer Lyra. Ansonsten: keine Menschen, keine gutgelaunten Paare, keine sich anschweigenden Paare, keine Fahrräder, keine Boote, keine Plastikstühle.

Die Hitze wurde am Nachmittag unerträglich. Aus der Klimaanlage strömte zwar ein flauer Wind, aber ich fühlte mich trotzdem klebrig und ausgelaugt. Das Flughafenradio spielte schon zum dritten Mal *Kids in America*. Jemand hatte offenbar entschieden, dass Kim Wilde sich für Flughafenberieselung eignete. *You know life is cruel, life is never kind.* Kims Bambistimme hallte durch die Shops. *Oh, don't try to stop, baby, hold me tight!* Ein Kunde summte mit und zuckte mit seinem Kopf wie ein nervöses Huhn, während er die Biographie von Warren Buffett las.

Später lernte ich Marjeta und Bernd kennen. Bernd sass im Büro, auf seiner Nase eine feine, goldumrandete Brille. Sein dünnes Haar wehte in der Luft eines kleinen Ventilators. Er begrüsste mich herzlich – und wendete sich sofort wieder seinem Rechner zu. Ein langer Papierstreifen wuchs aus dem Gerät. Marjeta stand an der Kasse. Sie hätte genauso gut in einer Bar arbeiten können. Trotz tropischem Klima trug sie enganliegende schwarze Lederhosen, und ihre roten Haare standen wie die Schlangen der Medusa vom Kopf ab. Sie strömte einen teuren, frischen Geruch aus – in einem Radius von zehn Metern. Ein bisschen bewunderte ich sie. Als wir uns begrüssten, sah sie mir tief in die Augen. Du bist nicht Schweizerin. Halb, sagte ich und wusste nicht, ob ich jetzt einen Test bestanden hatte.

Frau Mavuzo zeigte mir zum Ende der Schicht meinen Spind im Büro. Ich hatte noch nie einen eigenen Spind gehabt. In Krimis gehörten diese schmalen grauen Schränke meistens den Ermordeten, fiel mir ein. Stets wurden die hässlichen Metalldinger aufgebrochen und nach Beweismaterial durchsucht. Auch in amerikanischen Teenagerserien waren sie ein beliebtes Requisit. Man kann Nachrichten durch die Lüftungsschlitze schieben und jemandem die Tür an den Kopf schlagen.

Als ich meine Schranktür berührte, verpasste sie mir einen kleinen Stromschlag. Ich liess vor Schreck den Schlüssel fallen. Ich wurde elektrisiert, rief ich Bernd zu.

Ja, das passiert hier öfters, erwiderte er, so schläft man wenigstens nicht ein. Er tippte weiter.

Ich befestigte den neuen Schlüssel an meinem Schlüsselbund. Ich fragte Bernd über die Arbeit aus. Ob im Sommer viele Kunden kämen. Er meinte, ich könne mich auf etwas gefasst machen, und schnitt sich in der international verständlichen Geste symbolisch die Kehle durch. Es schien nicht sein Traumjob zu sein. Er erzählte mir, dass er früher an der Börse gearbeitet hatte und dank eines Nervenzusammenbruchs schliesslich hier gelandet war. Seine Offenheit erstaunte mich. Er wandte sich wieder der Rechenmaschine zu, und wir verabschiedeten uns.

Mein Zug hatte Verspätung, und ich beobachtete den gegenüberliegenden Perron. Ein alter Mann musterte mich von dort aus. Er machte keinerlei Anstalten, woandershin zu schauen. Oder sah er einfach durch mich hindurch? Trotz der Hitze trug er eine Jacke und einen Hut, beides in hellem Beige. Safarifarben. Seine Hände hielt er im Rücken verschränkt, als wäre er Aufseher in einem Museum. Die Pose erinnerte mich an meinen Grossvater. Er war auch oft so dagestanden. Vor Baustellen, in der Schlange vor dem Kino, am See, während seine Enkel Enten fütterten. Interessiert, aufmerksam, aber ohne die Absicht, ins Geschehen einzugreifen.

Ich drehte mich etwas nach rechts und tat so, als würde ich eine Touristengruppe beobachten, als würde mich sein Blick nicht kümmern. Aus den Augenwinkeln sah ich jedoch, dass der Alte leicht schwankte. Verflucht. Vielleicht würde er heute sterben, allein, dehydriert, im Bahnhof, unter Fremden. Und das wahrscheinlich nur, weil ihm niemand sagte, dass er trinken musste. Ohne etwas Bestimmtes zu suchen, wühlte ich in meiner

Handtasche. Ich versuchte an etwas Angenehmes zu denken. Elias.

Wir hatten uns an dieser Semesterabschlussparty Ende Mai kennengelernt. Zwei Wochen war das her. Die Bezeichnung Party übertrieben. Die Lateinergruppe ging ein Bier trinken. Eine Kommilitonin im Kaschmirpulli trank das erste Mal in ihrem Leben ein Bier. Sie trinke sonst nur an Weihnachten ein Glas Champagner, kicherte sie aufgelöst.

Elias gehörte nicht dazu. Er sass zufällig auch dort auf der sonnigen Terrasse und setzte sich zu unserer spröden, verschwiegenen Klasse, weil er die Kursleiterin kannte. Als er sah, dass ich rauchte, fragte er mich nach einer Zigarette. Von da an hörten wir nicht mehr auf zu reden.

Es war heiss an diesem Nachmittag, und ich spürte, wie mir kleine Schweissperlen den Rücken hinunterliefen. Elias schaute mir oft und lange in die Augen. Ich versuchte, seinem Blick nicht auszuweichen. Etwas in seinen Augen löste Abenteuerlust in mir aus. Manchmal berührte er mich leicht an der Schulter. Er erzählte von seiner Dissertation, die er letztes Jahr begonnen hatte. Er forsche zu Fundstücken bei einer Nekropole auf Sardinien und habe bereits ein Jahr dort verbracht. Grabhügel aus der Ozieri-Kultur, erklärte er mir. Über 3000 Jahre vor Christus erbaut. Rund um einen Hügel seien neue Töpfe und Werkzeuge gefunden worden. Ich war beeindruckt. Ozieri-Kultur.

Irgendwann, als sich schon alle verabschiedet hatten, tauschten wir unsere Telefonnummern aus. Wir taten beide so, als wäre das nichts Aussergewöhnliches. Elias sicherte mir zu, mir bei meiner Semesterarbeit zu helfen, falls ich Probleme hätte. Ich lachte ihn kurz aus. Da sind gut fünftausend Jahre dazwischen, aber egal, ja, vielleicht kann ich wirklich Hilfe gebrauchen.

Sein Blick wurde zum Schluss so forsch, dass ich aus Verlegenheit auf seine Zähne schauen musste. Kein Wunder, waren mir diese im Gedächtnis geblieben. Ich zweifelte keine Sekunde daran, dass wir im Bett landen würden. Die Frage war nur noch, wo und wann.

Endlich traf der Zug ein. Als ich mich ans Fenster setzte und hinausschaute, war der alte Mann verschwunden. Ein Putzwagen fuhr vorbei.

Zu Hause duschte ich, spülte das klebrige Gemisch aus Staub, Kerosin und Schweiss von mir ab und legte mich ins Bett. Ich träumte sofort.

Ein unendlich scheinender, nebliger Sandstrand ohne Palmen lag vor mir. Tiefgraues, schäumendes Meer, die Gischt so weiss wie das Fett einer Speckschwarte. Vielleicht befand ich mich an der amerikanischen Ostküste. Ich stand in einer alten Villa und betrachtete durch ein grosses Fenster diesen Strand. Eine betagte, noble Dame wohnte mit mir auf dem

Grundstück. Es fühlte sich an, als wären wir verwandt. Wir mochten uns – auf eine distanzierte Art. Zunächst redeten wir nicht, standen nur schweigend in diesem sagenhaft ruhigen Salon mit Meerblick.

Ich war eine Eingeweihte. Worin ich eingeweiht war, wusste ich jedoch nicht. Ich fragte die Dame, ob es nicht gefährlich sei, so nahe am Wasser zu leben. Sie reagierte nicht darauf und verschwand. Kaum war sie weg, sah ich, wie eine riesige Welle am Horizont auftauchte und auf uns zurollte. Ich versuchte mich zu beruhigen, ich sah ja, dass das Haus uralt war und schon Tausenden von Stürmen standgehalten haben musste.

Meine eigens heraufbeschworene Welle kam immer näher. Es dauerte nicht lange, bis die Wogen an der Hauswand brachen. Die Wucht der Wassermassen liess die Villa erzittern, sie trotzte jedoch dem Angriff. Dafür formten sich aus den Schaumkronen mythisch anmutende Gestalten. Es waren Delphine! Zweidimensionale Pappdelphine. Mit stillen, heimtückischen Augen glotzten sie mich an und tauchten wieder in die Brandung. Danach gebar das Meer Stimmen verschiedener Gottheiten. Sie befahlen mir, im Aerobicanzug zu tanzen. Ich tanzte also. Ohne Musik. Mit voller Leidenschaft gegen eine Wand. Dies stimmte die Gottheiten milde, und der Sturm beruhigte sich ebenfalls.

Ich erwachte angenehm leicht und hoffnungsvoll. Das Gefühl der Vertrautheit zwischen der alten Dame und mir blieb übrig.

Ich spürte einen gewaltigen Hunger. Ich mischte Reis mit Salat und legte ein dickes Stück Lachs darüber. Mir war nach einem willkürlichen Mix. Ich garnierte das Ganze mit Sesamkörnern, Chili, Sojasauce und Mayonnaise. Die kleine Voodoopuppe, die im Küchengestell stand, schien mich mit ihren kreuzförmigen Fadenaugen zu beobachten. Zehn Nadeln steckten in ihrem Bauch. Ich konnte mich nicht erinnern, dies getan zu haben. Ich zog die Nadeln alle raus und legte sie sorgfältig in eine Schale.

Nada und Rico hatten mir die Puppe aus Mexiko mitgebracht, zusammen mit einem grauen Pulver, das angeblich magische Anziehungskräfte verlieh, wenn man sich damit einrieb. Die Geschenke waren aber auch ein Mahnmal dafür, dass ich mich vor der Reise gedrückt hatte. Zwei Jahre war das her. Ursprünglich wollten wir zu dritt dorthin fliegen, doch ich hatte einen Rückzieher gemacht. Kein Geld, hatte ich gelogen. Dabei hatte ich einfach keine Lust. Die Vorstellung von Hitze, Verkehrschaos, Bandenkriminalität und lauter Musik reichte, um meine alten Schulfreunde anzulügen.

Ich setzte mich aufs Sofa und zappte mich zum Lokalsender. Ein Pädophiler war entlarvt worden. Der

Mann hatte für den Kulturteil eines renommierten Magazins gearbeitet. So stellt man sich einen Pädophilen nicht vor, sagte der Reporter. Wie man ihn sich vorstellt, sagte er jedoch nicht. Ein junger Mann afrikanischer Herkunft war in der Limmat ertrunken. Ein Polizist mit besorgtem Dackelgesicht wies darauf hin, dass viele Ausländer die Gefahren des Flusses unterschätzten. Die Moderatorin blickte betrübt auf ihre Notizen und kündigte bereits den nächsten Beitrag an. Wie gehen die Tiere im Zoo mit der Hitze um? Besonders schwer hätten es die Eisbären und die Pinguine. Die schwarz-weissen Tierchen watschelten schlechtgelaunt durch eine Pfütze und verharrten im Schatten. Die Kühlanlage sei defekt. Man repariere mit Hochdruck. Ein Tierpfleger warf dem Eisbären einen vereisten Fleischklumpen zu.

Draussen war starker Wind aufgekommen, und der Himmel hatte sich verfinstert. Es klirrte im Hof, unbefestigte Fensterläden schlugen an die Wände. Schon zuckte der erste Blitz. Über mir knirschten die Dielen, jemand lief kreuz und quer durch die Wohnung. Die ersten Tropfen fielen.

Was der Alte in den safarifarbenen Kleidern jetzt wohl tat? Ob er auch zu Hause vor der Glotze sass? Hoffentlich hatte er liebenswürdige Enkel, die ihn schätzten und ihm verziehen, wenn er immer wieder dieselben Geschichten erzählte und sie mit seiner Schwerhörigkeit nervte.

Ich schaute zu meinem Büchergestell. Ziemlich verlogen, dass ich mir Gedanken über einen Unbekannten machte, während das Buch meines Grossvaters schon seit acht Jahren dort stand und verstaubte. Vor vier Jahren war er gestorben. Ich hatte ihm versprochen, seine Autobiographie zu lesen. Nicht einmal bis zur ersten Seite hatte ich es geschafft.

Das Sommergewitter entlud sich über der Stadt. Der Geruch der nassen Strasse drang bis in meine Wohnung – ein Gemisch aus Bier, Shisha, Müll und Asphalt. Ich liess das Licht aus und spähte aus meinem Schlafzimmerfenster. Ein Mann sass im strömenden Regen auf einer Bank und umarmte seine Flasche. In der Nebenstrasse spannte die Polizei ein rot-weisses Absperrband auf. Einer der Polizisten stand mit verschränkten Armen davor und wimmelte Passanten ab. Ich konnte nichts erkennen. Vielleicht eine Razzia. Ich hatte genug gesehen und setzte mich an den Computer.

Eigentlich wollte ich mit der Recherche für meine Semesterarbeit beginnen. Aus Gewohnheit öffnete ich jedoch mein Tagebuch-Dokument, worin ich seit einer Weile meine Gedanken festhielt. Ich spürte ein Stechen in der Magengegend, als ich Elias' Namen im letzten Eintrag sah, geschmückt mit Adjektiven, die ich noch nie zuvor in einen Computer getippt hatte.

Es donnerte gewaltig, und ich liess die Tastatur los, als wäre sie elektrisch geladen. Meine eigene Naivität befremdete mich. *Aufzeichnungen einer Hirnamputierten,* schrieb ich darüber. Hastig löschte ich den Titel wieder, als würde mich jemand beobachten. Dann löschte ich die ganze Passage über Elias. Rührseliges Gewäsch.

Nachdem ich zwanzigmal einen Satz begonnen hatte und keiner davon vielversprechend war, liess ich es schliesslich sein mit dem Tagebuch und wendete mich meiner Semesterarbeit zu.

Ich hatte mir vorgenommen, die Memoiren des russischen Prinzen Sergei Dmitrijewitsch Urussow zu analysieren.

Er eröffnete die Aufzeichnungen mit seiner unangekündigten Ankunft in der bessarabischen Stadt Kischinjow, wo er als Gouverneur antreten sollte. Er mochte es nicht pompös, behauptete er. Er wisse von Bessarabien genauso wenig wie von Neuseeland.

Bescheidenheit also. Macht sich immer gut.

Urussow verriet von seinem früheren Leben wenig. Vielleicht war es nicht so ruhmreich gewesen. Eine Biographie über ihn gab es nicht, ich hatte überall recherchiert.

Wir befanden uns im Jahr 1903, und der Zar hatte ihn berufen, weil in dieser kleinen Stadt Chaos herrschte. An Ostern hatte ein grauenvolles Pogrom auf Juden stattgefunden. Der bisherige Gouverneur hatte kläglich versagt und weder den Verstand noch die Mittel gehabt, den Mob aufzuhalten – vielleicht hatte er es nie vorgehabt.

Urussow wollte die Juden in Kischinjow von nun an beschützen. Er werde oft Philosemit genannt – mit spöttischem Unterton, schrieb er. Er mochte es, nachts unerkannt in ziviler Kleidung durch die Gassen der Stadt zu spazieren und nach dem Rechten zu schauen. So wie es früher Könige taten, um ihr Volk auszuspionieren, das schrieb er jedoch nicht.

Ich hatte keine Ahnung, wie es in der Stadt, die heute Chișinău heisst, aussah. Ich gab ihren Namen in der Bildsuche ein. Traurige sozialistische Architektur erschien. Dann ein unscheinbares, baufälliges Häuschen. Hier begann das Pogrom im April 1903, stand daneben. Ich klickte darauf. Ein Amerikaner schrieb über seinen Grossvater, der die Pogrome erlebt hatte. Am Küchentisch in der Bronx sang der Grossvater jiddische Lieder über die Kosaken und das Pogrom. Für ihn sei es gar nicht so lange her.

Ich pflügte mich weiter durch Urussows Memoiren und suchte nach Stellen, wo seine Person fassbar wurde. Woher kam sein Wille, Gutes zu tun? Gab es diesen wirklich? Oder war alles eine Inszenierung, ein Seitenhieb gegen den antisemitischen Zaren Nikolaus II.?

Ich las in einem anderen Aufsatz, was 1903 in Kischinjow passiert war. In diesem Jahr waren die *Protokolle der Weisen von Zion* ins Russische übersetzt worden. Aber sprachen die Leute dort überhaupt auch Russisch? Oder nur Rumänisch? Auf jeden Fall verbreiteten sich die antisemitischen Verschwörungstheorien in Bessarabien wie ein Lauffeuer.

Ich stand auf und zog das Buch meines Grossvaters aus dem Regal. Ob er vom Pogrom in Kischinjow gewusst hatte? Er war siebzehn Jahre später geboren worden. Ich bezweifelte, dass dies im russisch besetzten Polen Schulstoff gewesen war. Was er wohl dazu gesagt hätte?

Auf dem harten, glänzenden Buchdeckel war sein Porträt abgebildet. Ein hübscher junger Mann mit Hut und freundlichem Grinsen, es hätte ein Filmplakat sein können. Mit Mühe entzifferte ich die polnische Zusammenfassung auf dem Buchrücken. Flucht, Arbeitslager Russland, Arbeitslager Deutschland, Warschauer Aufstand, Gesangskarriere.

Ich legte das Buch neben mein Bett. Diesen Sommer würde ich es lesen.

3

Am nächsten Morgen stand ich vor dem Laden und wartete. Mein erster richtiger Tag im Buchkiosk. Ich hatte noch keinen eigenen Schlüssel und wartete auf Marjeta, die laut Plan mit mir zusammenarbeiten sollte. Es war wenig los am Flughafen. Das Morgenlicht strömte durch die hohe Glaskuppel der Shopping-Halle. Ich betrachtete meine kurzen Nägel. Ohne es zu bemerken, hatte ich die Nagelhaut am kleinen Finger abgebissen. Der Zeitschriftenschnitt am Daumen war hingegen schon fast wieder verheilt.

Unversehens rollte Bissig mit seinem Wägelchen um die Ecke. Ich begrüsste ihn herzlicher als nötig, und er warf die Zeitungspakete mit Schwung auf den Boden. Nicht zu streng, rief er mir zu. Gleichfalls, antwortete ich, dann wünschten wir uns einen angenehmen Tag. Er wackelte ohne Eile zum nächsten Kiosk fünfzig Meter weiter. Bissig aus der Unterwelt.

Die Luft roch plötzlich sehr gut, und wenig später stand Marjeta vor mir. Sie lächelte mich an, als träfen wir uns zu einer Wanderung. Ihr rotes Haar leuchtete. Wir betraten den Laden. Auf keinen Fall schon die Türen öffnen, ermahnte sie mich, auch das Licht erst um Punkt acht einschalten. Ich würde bald merken, wie wichtig die halbe Stunde ohne Kundschaft für die Nerven sei.

Während wir Zeitungsbündel öffneten und Lieferscheine kontrollierten, erzählte mir Marjeta von ihrem Haus in Montenegro und ihrem zweiten Job. Sie arbeitete nebenbei als Wahrsagerin. Erstaunlicherweise löste das bei mir keinen Lachanfall aus. Wenn jemand in diesem Beruf brillierte, dann bestimmt sie. Im Kiosk, so erklärte sie mir, verdiene sie lediglich ihr Geld für Luxusprodukte. Sie griff schnell in ihre Handtasche und zeigte mir eine weisse Cremedose. *White Caviar Illuminating Pearl Infusion* stand auf dem Deckel. Dreihundert Franken, raunte Marjeta, in ihren Augen purer Triumph. Ich wusste nicht genau, wie ich mit dieser Information umgehen sollte, und beschloss, Ehrfurcht zu zeigen. Wer war ich schon, um Vorträge zu halten.

Sie rief mich zum Tresor. Ich solle gleich den Code auswendig lernen. Ich würde meine eigene Kasse haben, damit keine Verwirrung entstehe. Ein bisschen Autonomie – der Gedanke gefiel mir.

Mit Geldbeutel und Kassenschublade liefen wir wieder nach vorn, an die Front. Kurz vor acht mussten wir noch das Stockgeld unserer Kassen zählen. Ich beobachtete Marjetas flinke Finger, als sie die Anzahl ihrer Noten kontrollierte. Ihre grellrot lackierten Fingernägel flippten in schwindelerregendem Tempo über die Ecken der Scheine, sie zählte wie eine erfahrene Bankangestellte. Zwischendurch befeuchtete sie einen Finger mit Spucke. Die Angst, es könnte etwas fehlen, schwang mit, die Spannung stieg mit jedem gezählten Bündel, mit jeder Münzreihe. Ich hatte fünfzig Rappen zu viel in der Kasse. Ich legte die Münze zur Seite, Marjeta riet mir dazu. Besser überkorrekt.

Als ich die ersten drei Glaswände der Ladenfront verschoben hatte, schaltete Marjeta das Licht ein. Die Neonröhren klickten und sprangen widerwillig der Reihe nach an. Eine Röhre flackerte kurz wild vor sich hin, dann entschied auch sie sich für Licht.

Als ich die vierte Glasscheibe verschieben wollte, näherte sich bereits die erste Kundin. Sie trug eine gutgepolsterte rosa Skijacke und eine weisse Wollmütze. Draussen waren es bestimmt schon bald dreissig Grad. Ich ahnte nichts Gutes.

Ob sie schon reinkommen dürfe, flüsterte sie. Ich denke schon, sagte ich unsicher und äugte zu meiner erfahrenen Kollegin.

Schon stand Marjeta bereit und stemmte ihre Arme auf die Theke. Es knallte, da sie mehrere silberne Ringe trug. Die Kundin und ich zuckten zusammen.

Sie hätte gerne vier Plastiktaschen, meinte die winterlich Gekleidete.

Marjetas Blick ging gelangweilt an der Kundin vorbei. Das macht eins sechzig.

Die Frau in Rosa kramte in ihrem rosaroten Plastikportemonnaie und händigte den Betrag aus. Marjeta bückte sich und zog die gewünschten Taschen aus einer Schublade. Wieder knallte es. Zögerlich griff die Kundin nach ihrer Ware und ging geduckt und leise dankend wieder aus dem Laden.

Marjeta verdrehte die Augen. Ein Fall für die Klapsmühle! Sie kauft jeden Tag vier Plastiksäcke.

Die nächsten Stunden verbrachte ich hinter der Kasse. Ich stellte erleichtert fest, dass ich die grundlegenden Transaktionen begriffen hatte. Zwischendurch desinfizierte ich den Kassenbildschirm. Eine Sommergrippe sei im Umlauf, wurde uns mitgeteilt. Regelmässig und gründlich die Hände waschen und alles schön desinfizieren. Wir taten das mit Inbrunst, vielleicht weil es unsere einzige Möglichkeit war, uns gegen aussen zu verteidigen.

Um zehn kam die Chefin an und gestikulierte mit ihrem Smartphone. Bernd fällt die nächsten Wochen aus. Er hatte einen Nervenzusammenbruch. Seine Freundin hat soeben angerufen, aus der Klinik. Was mache ich jetzt? Ich brauche Ersatz.

Ich bin schon hundert Prozent, mehr geht wirklich nicht. Marjeta bückte sich zu den Heften.

Ich auch, sagte ich leise. Sorry.

Frau Mavuzo stemmte die Arme in die Seite. Ich finde schon jemanden.

Ich dachte an mein gestriges Gespräch mit Bernd. Er sei eines Tages einfach implodiert, in einem Hotelbett in den Ferien. Konnte nicht mehr aufstehen, wusste nicht mehr, wer er war, wo er war. Ich hoffte, es war diesmal weniger schlimm. Er hatte mir in diesen fünf Minuten auch von seiner Familie erzählt. Wohlhabend, gutbürgerlich. Ich stellte mir vor, wie sie über seine »Karriere« redeten. Unser Sohn ist ins, äh, Büchergeschäft eingestiegen, eine Art kreative Pause. Die Bankenwelt hat ihm nicht so zugesagt. Er war halt immer ein Sensibler. In Bernds Bewegungen schwang die Demütigung solcher Aussagen immer mit. Er war bestimmt nicht dort, wo er hingehörte, aber dort, wo er früher war, dort passte er auch nicht hin.

Marjeta machte Bernds Nervenzusammenbruch wütend. Sie gab der Firma die Schuld. Ausbeuter! Sklaventreiber! Da sieht man es wieder.

Am späten Vormittag füllte sich der Laden bedrohlich. Über zwanzig Kunden standen vor der Kasse Schlange. Marjeta und ich fertigten sie wie am Fliessband ab. Danke! Mit Karte? Ja, gern. Als Geschenk? Ja, sicher. Mit Gutschein? Kein Problem. Ich tippte, öffnete die Kasse, schlug sie wieder zu, die Kreditkartenmaschine ratterte, das Papier ging aus. Sprint ins Büro. Fiebrige Suche. Rolle gefunden. Rolle gewechselt. Versteinerte Gesichter, Seufzer und Zischlaute allenthalben.

Die Hitzewelle kam aus dem Nichts. Ich schwitzte. Dann stolperte mein Herz. Es hatte sich verheddert, wie ein Turnierpferd an einem Hindernis. Ich hielt die Note eines Kunden in der Hand, blickte auf ihr Muster und sah, wie es mir entgegenatmete, sich wölbte, explodierte. Meine Hand sehr weit weg auf einmal, fremd. Die Hand legte die Note in das Fach mit den gleichen Noten – die andere Hand griff nach Münzen und legte sie in die fleischige Kundenhand. Plötzlich überall Hände. Hände und Noten. Mein Herz stolperte noch einmal. Es bockte jetzt wie ein wilder Mustang. Dann ein Stich. Ich atmete ein, es stach noch mehr. Mir wurde kalt. Ich scannte das Buch des nächsten Kunden, legte es auf die Theke, nannte den Preis, hörte meine Stimme aus der Ferne. Ich war woanders, in Watte gepackt. Die Angst kroch von überall her direkt in mein Herz und liess es noch ein weiteres Mal stolpern. Jetzt raste es, brannte durch. Bald blieb mir die Luft weg. Meine bleichen Hände scannten und kassierten immer noch weiter, und ich schwebte ganz weit oben, fünftausend Meter über der Erde, ohne Sauerstoff.

Hatte ich einen Herzinfarkt? Adieu. Merci. Ich bedankte mich bei einer mürrischen Kundin.

In diesem Moment traf zum Glück die Spätschicht ein. Eine kleine Frau mit streng zusammengebundenem Haar stand mit ihrer Kasse hinter mir. Sie stellte sich als Rami vor und beäugte mich neugierig. Sofort überliess ich ihr meinen Platz und machte mich auf zum Ärztezentrum im Flughafen. Rami sah mich besorgt an, doch ich hatte keine Zeit für Erklärungen.

Die Empfangsdame im Ärztezentrum verzog keine Miene. Ich füllte mit krakeliger, bebender Hand ein Formular aus und sass dann allein und atemlos im Warteraum. Es ging keine zehn Sekunden, bis ich abgeholt wurde.

Ein junger Arzt schloss mich an einen Elektrokardiographen an. Er befestigte die kühlen Elektroden auf meinem Oberkörper und erklärte mir, was er tat. Ich hörte nicht wirklich hin. Vielleicht war ich schon tot?

Ich lag starr da und hörte dem Piepsen zu. Es klang nach Drama. Aber mein Herz wollte vor dem Arzt nicht stolpern. Ich konnte es kaum fassen. Mein Herz, ein elender Betrüger.

Alles im normalen Bereich. Blutdruck top. Puls erhöht, aber das ist nicht schlimm, Sie sind wohl etwas gestresst. Der Arzt summte vor sich hin und packte seine Gerätschaft wieder zusammen. Er schien etwas enttäuscht.

Ich entschuldigte mich. Ich sei mir sicher, dass es im Herz gerumpelt habe. Das könne doch keine Einbildung sein.

Das kommt öfters vor, machen Sie sich keine Sorgen. Besonders bei jungen Frauen. Wirklich. Ist nichts Schlimmes. Wahrscheinlich zusätzliche Herzschläge. Extrasystolen nennt man das. Es ist gut, dass

Sie das ernst genommen haben. Es war die richtige Entscheidung herzukommen. Wir haben im Moment wenig Patienten. Er tippte meine Daten in seinen Computer.

Ich sass auf dem Rand der Liege und inspizierte das Spülbecken, über dem ein Tank mit blauem Desinfektionsmittel hing. Der Raum war fensterlos und düster. Ich war nicht mehr fünftausend Meter über der Erde und ärgerte mich darüber, dass ich nun einen ganzen Tageslohn für diese Erkenntnis ausgeben musste. Aber vor allem war ich erleichtert. Mein Herz funktionierte, und ich lebte. Es war offiziell bestätigt worden.

Ich genoss jeden Schritt zurück zum Kiosk. Meine Hände waren wieder meine Hände. Ich berührte meine Wange. Alle Sinne waren wieder zurückgekehrt. Ich konnte den Blumenladen riechen, die Parfümerie, den chinesischen Take-away. Phantastische Düfte. Ich blickte den Leuten in die Augen und lachte. Sie lachten zurück.

Am Nachmittag räumte ich zufrieden Bücher ein. Alles stimmte. Belletristik auf Englisch, Französisch, Spanisch, Reiseführer, Krimis, Krimis, Krimis, Bestsellertisch, Bestsellertisch, Wirtschaftstisch, Biographietisch, Bildbandtisch. Ich stapelte, ich begradigte, ich arrangierte.

Da ich nichts Besseres zu tun hatte während der Arbeit, knüpfte ich an meine Elias-Phantasie an und betrat wieder den schönen Park. Ich hörte die Blätter rauschen, sah sie sogar einzeln im Wind zittern: Trauerweiden müsste es dort haben, Birken und Pappeln, vielleicht noch feuerroten japanischen Ahorn. Es würde nach Regen riechen. Aber es würde nicht regnen. Vielleicht würde ein Pfau rufen. Es müsste auch einen See geben in der Nähe. Zumindest einen Teich. Vielleicht würden wir barfuss durch die Wiese in diesem Park laufen. Vielleicht im Dunkeln. Der Park müsste sauber sein. Kein Müll am Boden. Vielleicht hätten wir eine Flasche Wein dabei? Die alkoholisierte Variante schien mir vielversprechend. Vielleicht würden wir über etwas Bestimmtes sehr laut lachen und uns ein bisschen vergessen.

Was hielt mich davon ab, ihm zu schreiben?

Rami stupste mich an. Es ist nach fünf. Du kannst nach Hause, deine Schicht ist schon lange um.

4

Samstag war mein erster freier Tag. Ich konnte nicht ausschlafen. Ich warf mich im Bett herum und starrte an die Decke. Irgendwann hörte ich das dumpfe Läuten meines Mobiltelefons. Ich beschloss, es zu ignorieren. Dann piepste es kurz. Ich studierte die feinen Risse an der Decke und fragte mich, ob sie sich in letzter Zeit vergrössert hatten. Ob ich sie überhaupt schon gesehen hatte. Ich sah mein winziges Spiegelbild in der silbernen Glühbirne.

Ich hätte schon vor Jahren Lampenschirme kaufen sollen. Auch Vorhänge. Etwas hielt mich davon ab. Wenn man Lampenschirme und Vorhänge hatte, konnte man genauso gut auch einen Edelstahlgrill kaufen, einen Hobbyraum mieten. Als Nächstes käme ein massives Auto mit bekloppten Babystickern auf dem Heck, postnatale Depression inklusive. Dann dezente Perlenohrringe, ein eingefrorenes Lächeln, der Wunsch, das ewig schreiende Baby Sophia-Desdemona auf den Edelstahlgrill zu werfen. Und da wäre Ehemann Albert, der auf dicke Armbanduhren abfuhr. Einmal die Woche würde er golfen gehen und auf dem Weg dorthin heimlich davon träumen, von einem Fremden an der Autobahnraststätte gefickt zu werden. Einmal würde er es tun. Am gleichen Abend ginge er zur Alumniparty seiner Studentenverbindung und würde über Schwule lästern, wie er es immer tat. Dann würde er die Genderdebatte in den Dreck ziehen: Meine Frau weiss eben noch, was Weiblichkeit ist, nicht so wie all die Kampflesben da draussen. Und so weiter. Darum bis auf weiteres keine Lampenschirme, keine Vorhänge.

Von der Strasse drang Panflötenmusik zu mir ins Zimmer, dazu der Rauch von etwa zweihundert Zigaretten. Eine stadtbekannte Irre rief Obszönitäten in die Runde und übertönte damit den munteren Stimmenteppich. Ihre Stimme hatte ein gutes Volumen, sie hätte Opernsängerin werden können. White motherfuckers! Go to hell! White ugly motherfuckers! Es wurde still. Ein Mann grölte kurz und klatschte, als wäre er Besucher in einem Theaterstück. Der Stimmenteppich murmelte unbekümmert weiter. Jemand begann auf einer Gitarre zu spielen. Fröhliche Stimmen setzten ein und sangen über Jesus. Ein Christenchor missionierte im Sündenpfuhl.

Ich hievte mich wieder hoch und taumelte benommen. Es führte nichts daran vorbei: Ich musste die Rufnummer kontrollieren.

Es hatte sich keine Katastrophe ereignet. Nada hatte mir geschrieben. Ob ich heute Nachmittag mit Rico und ihr die Kunstbiennale besuchen würde.

Ich machte mich im Internet kundig. Das Thema dieses Jahr war »Fleisch«. Auf der Hauptseite der Biennale führte eine Kamerafahrt in Slow Motion durch den Rachen eines Raubtiers. Speichel und Schleimhäute zuckten, abgewetzte gelbe Zähne glänzten. Ein kühles Scheppern war zu vernehmen, ein trockener Beat pulsierte. Nein, ich hatte keine Lust. *Könnte interessant sein,* schrieb ich zurück, *ich komme.*

Ich setzte Teewasser auf und warf einen Blick aus dem Küchenfenster. Der thailändische Restaurantchef diskutierte. Eine ältere Frauenstimme schrie genervt zurück. Es klang nach Familie. Plastikstühle wurden zurechtgerückt. Eine Lüftung im Innenhof ratterte blechern vor sich hin.

Kurz darauf wieder ein Piepsen. Nada, dachte ich. Doch es war Elias. *Hallo, Halina! Auf ein Bier demnächst?*

Ich hielt mich am kühlen Chromstahl des Herds fest. Dann verliess ich kopflos die Küche, nur um wieder zurückzukehren und die Nachricht erneut zu lesen. Er hatte tatsächlich geschrieben. Und zwar genau so, wie ich es mir gewünscht hatte. Noch nie war es so einfach gewesen. Nummern austauschen, melden. Die einfachste Sache der Welt.

Trotz der Hitze fror ich ein bisschen vor Aufregung. Ich setzte mich aufs Sofa, hüllte mich in eine Wolldecke und schaltete den Fernseher ein. Ich brauchte Ablenkung. Alltagskulisse. Jetzt ja nicht abheben! Ja nicht zu schnell Unüberlegtes zurückschreiben.

Das Gesicht der Moderatorin schimmerte nobel. Die Krankenkassenprämien werden weiter steigen, verkündete sie. Der Bundesrat neigte seinen Kopf zur Seite, als er der Frage des Reporters lauschte, sein Mund leicht geöffnet, wie eine Taube, die nach einem Wurm am Boden äugt. Eine besorgte alte graue Taube. Wahrscheinlich wäre sie gern weggeflogen.

Die Nachrichten aus der Region waren ähnlich unspektakulär. Danach eine Kurzreportage. Ein alter Schuhmacher schloss für immer seine Pforten. Der Inhaber zeigte auf seine kleine Werkstätte und zog traurig zwei alte Lederschuhe aus dem verstaubten Holzgestell. Das erste Paar Schuhe, das bei uns liegenblieb! Ein Pianist brachte sie zum Flicken und holte sie nie wieder ab, er hatte sich aus Liebeskummer umgebracht. Was würde Elias dazu sagen? Es sind wirklich schöne Schuhe, seufzte der Schuhmacher. Das ist hundertneun Jahre her. Hundertzehn Jahre lang haben wir dieses Geschäft geführt, und nun ist Schluss. Die Kamera zoomte lüstern auf sein Gesicht, der Schnurrbart bewegte sich.

Ich beschloss, Elias zu antworten. Es war eine Stunde vergangen, seit er geschrieben hatte. Es sollte weder verzweifelt noch abgebrüht wirken. Eine normale, anständige Person hatte eine Stunde etwas zu tun und würde dann normal und anständig antworten. Eine normale, anständige Person wie ich. Also schrieb ich: *Ja, gerne, morgen Abend um sieben? Poli Bar?* Zehn Minuten später kam schon die Antwort: *Ja, freue mich. Bis dann!*

Den Rest des Vormittags verbrachte ich in angenehmer Erregung. Bald würde ich sein Gesicht wiedersehen, seine Zähne, seine Hände und alles, was ich vergessen hatte.

Ich analysierte in Gedanken mein Verhalten bei früheren Dates und schwor mir, morgen alles besser zu machen. Unnötiges Hyänenlachen vermeiden, Mädchenkichern ebenso. Kein übertriebenes Gestikulieren mehr. Und ich würde mir im Voraus drei, vier anspruchsvolle Themen zurechtlegen. Ab und zu Stille zulassen. Zuhören! Zuhören! Zuhören! Fragen stellen. Auch müsste ich endlich die Tageszeitungen gründlich lesen. Das Weltgeschehen war in den letzten Wochen an mir vorbeigezogen. Ich müsste bis morgen zum weltoffenen, interessierten Menschen mutieren.

Ich beschloss, vor dem Date noch mindestens zehn Reportagen zu lesen. Über Orte und Themen, von denen Elias sicher keine Ahnung hatte. Oder ich würde versuchen, den Nahostkonflikt endlich zu verstehen. Ich schrieb eine Liste.

Die Biennale stand an. Fleisch. Kultur. In Gedanken addierte ich dieses Erlebnis schon auf die Liste der möglichen Konversationsthemen mit Elias. Das wäre schon mal ein guter Einstieg. Warst du auch dort? Wie hat es dir gefallen? Ja, dieser Kurator XY, was für ein Psychopath! Und so weiter.

Nada und Rico fragten mich über Elias aus. Viel zu erzählen hatte ich nicht. Könnte doch mal klappen mit diesem Typen! Der klingt doch ganz anständig. Bist du schon nervös? Nada kicherte. Archäologe? Passt zu dir, du bist auch etwas verstaubt!

Die erste Station zum Thema Fleisch befand sich in einem ehemaligen Schlachthof. Anstelle von Fleischerhaken hingen genau hundert durchsichtige Plastikkuben von der Decke, die aussahen wie riesige schmelzende Eiswürfel. In die Kuben eingeschlossen waren Fleischstücke aus allen Regionen des menschlichen und des tierischen Körpers, ein Herz befand sich auch darunter. Und dazwischen Glitzerteile in allen Regenbogenfarben. In einem kleineren Kubus schwappte Blut ganz sachte in einer kleinen Blase. Der Raum war dunkel. Die baumelnden, in Plastik gehüllten Fleischstücke wurden von kleinen, golden schimmernden Lichtern angestrahlt. Eine weihnachtlich anmutende Fleischschau im Juni. Pervers und steril, eklig und angenehm zugleich. Ich war verzaubert.

Die Fleischkuben waren leider das Beste, was die Biennale zu bieten hatte. Als Nächstes waren wie erwartet Geschlechtsteile dran. Vaginen und Penisse in allen Formen und Materialien lagen im nächsten Raum verstreut. *Flesh Slash Flesh* stand am Eingang. Rico gähnte laut.

Nachdem wir zwei Stunden Kunst angeschaut hatten, nahmen wir ein Tram und fuhren zur letzten Station der Ausstellung beim See. Auf der Chinawiese war eine riesige Bühne mit Leinwand errichtet worden, wo Kurzfilme in Endlosschlaufe abgespielt wurden. Obwohl die Temperatur nicht sommerlich war, stolzierten viele Kunstinteressierte im Badekostüm herum, man wähnte sich mediterran. Wir holten überteuerte Snacks und liessen uns vom Kurzfilmprogramm berieseln.

Vor uns sass ein beleibter Typ mit Hawaiihemd und fettigem Haar. Eine leichtbekleidete Frau sass auf seinem Schoss und hielt sich an seinem Hals fest. War das nun ein Pastiche? Eine Inszenierung? Wir begriffen bald, dass der Hawaiityp der Regisseur einer der Kurzfilme war. *Lost in Flesh* war der Titel seines Werks. Es wurde ein Siebziger-Pornofilm nachgespielt, nur ohne Sex. Dafür wurde auf der Leinwand gekocht, mit dem »Dialog« des Drehbuchs. Der Regisseur und seine Begleitung konnten sich vor Lachen nicht erholen, als sie sich selbst auf der Leinwand stöhnend mit Gemüse hantieren sahen. Mehrmals blickten sie zurück ins Publikum. Sie kamen voll auf ihre Kosten. Die Zuschauer krümmten sich. So originell aber auch! Pornodialog beim Kochen.

Nada machte Grimassen. Komm, wir werfen ihn ins Wasser. Eine Abkühlung würde dem Sack guttun.

Kurz darauf begann es zu regnen, und wir machten uns auf den Weg zu mir. Wir belegten zusammen eine Pizza und tranken Wein. Ich erzählte von meinem eingebildeten Herzinfarkt. Rico nannte es Panikattacke. Du hattest das früher schon mal, ich erinnere mich genau. Deine Mutter musste dich von der Schule abholen, und wir dachten alle, du seist jetzt geisteskrank. Du solltest echt keine Leute in einem Kiosk bedienen, das ist ja der reinste Horror!

Danke, Rico, dass du mich an die Schulzeit und diese Episode erinnerst. Ich bewarf ihn mit einer Mozzarellascheibe.

Nada verriet uns, dass sie an einem Künstlerwettbewerb der Stadt teilnahm. Die Ganymed-Statue auf der Bürkliterrasse soll ersetzt werden, der nackte Jüngling mit dem Adler. Er wird an den Mythenquai versetzt, der Arme. Eine Art Downgrading. Die Stadt will jetzt am Bürkliplatz eine Skulptur zu Ehren aller Migranten haben. Das muss man sich mal vorstellen! Endlich mal ein anständiges Projekt. Nada war in Fahrt. Ich habe schon lange einige Skizzen in der Schublade. Gestern habe ich mit der Umsetzung begonnen. Leute, ich muss es euch sagen, sonst werde ich es nie beenden. Für irgendetwas müssen doch diese sieben Jahre an der Kunsthochschule gut gewesen sein. All die Steuergelder, die da draufgingen, nur damit ich jetzt kellnern gehen kann!

Wir prosteten Nada zu. Sie glühte und klatschte in die Hände. Dann erzählte sie von ihrem neuen Lover. Seine Bilder sind der Hammer, er stellt Kriegsfotografien unserer Zeit im Computerspiel *Minecraft* nach. Diese aus Würfeln gebauten Welten kennt ihr, oder? Er malt sie dann in Öl nach. Ich zeig sie euch mal. Das Problem ist nur, dass Vinz keine Nerven hat, manchmal rastet er total aus.

Was? Er rastet vor dir aus? Wieso? Rico legte sein Pizzastück wieder auf den Teller.

Vor einer Woche hat er mir ein Bild nachgeworfen, als wir im Atelier waren. Ich habe ihn halt ein bisschen provoziert, habe an einem seiner Bilder rumgemeckert. Nicht so schlimm, wie ihr meint, nur die Leinwand mit dem Keilrahmen. Ihr müsst nicht so betroffen schauen, es tat nicht einmal weh. Damit kann man ja niemanden umbringen. Und einmal hat er mich im Schlaf gewürgt. Also, nur ein bisschen, nicht fest. Er hatte wohl einen Albtraum. Echt. Ich hab ja gesehen, wie er selbst erschrak.

Was? Das kann ja wohl nicht wahr sein! Und du triffst dich immer noch mit ihm? Ich versuchte sie mit einem strengen Blick zur Vernunft zu bringen.

Der Typ hat keine Sekunde deiner Zeit verdient. Sofort spülen!, meinte Rico.

Nadas gute Laune war dahin. Sie verschränkte die Arme und sah weg.

Sie machte mich wütend. Wie konnte sie sich das gefallen lassen? Damit kann man niemanden umbringen, was ist das denn für ein Kriterium? Ich kannte Vinz nicht, trotzdem hatte ich Lust, ihn zu kastrieren, ihm seine Eier in seinen selbstzufriedenen Mund zu stopfen. Kriegsfotografien in *Minecraft* nachstellen? Wieso kapierte Nada nicht, dass das ein Schwachsinniger war?

Ich weiss sehr wohl, wie doof das alles klingt, sagte Nada nach einer langen Pause.

Es ist nicht doof, du hast das Stockholm-Syndrom oder so, erwiderte ich. Du bist total verblendet.

Und was, wenn ich keinen mehr finde, wenn nie mehr jemand mit mir zusammen sein will? Ich bin bald dreissig! Nadas Stimme klang weinerlich. Ihr kennt die Geschichte mit der einsamen Frau, die von ihren eigenen Katzen gefressen wird, oder? Jeder kannte sie.

Rico gab vor zu gähnen. Die Katzenstory! Nada, also bitte, das weisst du doch besser.

Ja, rief ich dazwischen, lieber lasse ich mich von zwanzig Katzen auffressen, als mich mit so einem Arschloch abzugeben! Wie können solche Idioten frei in der Stadt rumlaufen und Frauen wie dich kriegen?

Wieso machte ich mir überhaupt Sorgen über Gesprächsthemen mit Elias? Ich nahm mir vor, damit aufzuhören. Es werden morgen keine Reportagen gelesen, es wird keine Selbstoptimierung stattfinden. Das heissersehnte Date erschien mir plötzlich wie eine abgelutschte Idee. Wie Bingo, Minigolf, Elvis. Scheiss auf die Männer. Scheiss auf ihre Bedürfnisse, ihre Entschuldigungen, ihre Ausreden, ihre Gewalt, ihre Überheblichkeit. Ich kann dir bei der Semesterarbeit helfen. Dass ich nicht lache! Wenn Elias noch einmal so einen Spruch rauslässt, springe ich ihm an die Gurgel. Schluss mit der Vergötterung.

Wir assen weiter. Bald unterhielten wir uns wieder über Belangloses. Meine hitzigen Gedanken verschwanden allmählich. Elias war kein jähzorniger Kretin. Er war Archäologe. Humorvoll, sensibel, intelligent. Genau. Und überhaupt, ich wollte verdammt noch mal wissen, wie sein Körper sich anfühlte. Danach würde ich weiterschauen.

Später erzählte uns Rico von seinem neuen Freund Edouard. Er ging ihm bereits auf die Nerven, aber noch mehr war Rico verknallt. Heute hat er zwanzigmal angerufen, er will immer wissen, wo ich bin, was ich mache. Er zeigte uns sein Display. Etwas anhänglich. Im Tram kann er sich aber nicht neben mich setzen. Wie alle verstockten Macker. Habt ihr das mal beobachtet? Es gibt Männer, die im ÖV nicht nebeneinandersitzen können, wenn sie sich kennen.

Was? Du hast ihm aber gesagt, dass dich das verletzt, oder?, fragte ich.

Nein, habe ich nicht. Rico kreiste mit dem Finger über den Rand seines Weinglases. Vielleicht braucht er noch etwas Zeit. Das ist alles nicht so einfach. Seine Familie weiss nicht einmal, dass er schwul ist. Die sind erzkatholisch und sitzen in irgendwelchen Schlössern in Frankreich.

Nada knurrte. Adelsfamilie hin oder her, dieser Edouard soll gefälligst zu dir stehen! Schreib doch einfach darüber! Als Journalist hast du die Macht.

Über sich abstossende Männer im öffentlichen Verkehr? Rico zeigte Nada den Vogel. Spinnst du? Damit würde ich mich zum perfekten Opfer machen. Und ausserdem würde mich niemand mehr ernst nehmen.

Seid ihr denn in den Fünfzigern stehengeblieben bei euch auf der Redaktion?

Vergesst es. Mit solchen Themen muss man in unserem Regionalblatt nicht kommen, wir berichten über den neuen Kreisel in Uster, der nun zweihunderttausend Franken mehr kosten soll als geplant. Akzeptiert es einfach. Ich liebe Edouard, obwohl er manchmal ein Idiot ist. Ihr kennt ihn nicht.

Nada hob die Augenbrauen. Bist du sicher, Rico? Liebe?

Ihr habt doch eine total verzerrte, romantisierte Vorstellung von Liebe! Egal wie aufgeklärt ihr Frauen euch gebt, ihr habt euer Heteromärchendrehbuch im Kopf. Und wisst ihr was, ihr würdet euch niemals in einen Typen verlieben, der weniger intelligent, weniger erfolgreich ist. Seid doch ehrlich. In drei Jahren werdet ihr beide darüber streiten, wer den plastikfreieren Brei für sein Balg kochen kann. Später werdet ihr euren Exmännern ganz feministisch und aufgeklärt Tausende Franken von Alimenten aus der

Tasche ziehen und zu Hause Serien gucken, anstatt eure Karrieren zu verfolgen. So sieht's doch aus. Und noch was: Ich hasse es, wenn mir jemand erklären will, was Liebe ist. Das entscheide ich gerne selbst.

Das mit dem Brei wird bestimmt nicht eintreten, und als Mann musst du uns auch nicht den Feminismus erklären, elender Gockel!, gab Nada zurück. Gib's doch einfach zu, dir ist langweilig. Du lässt dir von einem Typen nachspionieren, der sich im Tram nicht einmal neben dich setzen kann. Offenbar findest du es aufregend, mit einem Trottel zusammen zu sein, einem verwahrlosten, wilden Aristokraten.

Touché! Das muss es sein, entgegnete Rico. Es ist wirklich aufregend mit einem wilden Aristokraten. Wie war das noch mal mit Vinz? Nada rieb sich die Schläfen, als hätte sie Kopfschmerzen. Ich gebe ihm noch einen Monat. Wenn er sich bis dann nicht bessert, bin ich weg.

Wir sassen bis drei Uhr morgens in der Küche und sangen noch Karaoke zu *YouTube*-Clips. Nach *Such a Shame* liess uns Rico versprechen, dass wir alle unsere Dachschäden behalten und eine Alters-WG mit ihm gründen würden. Ja nicht so werden wie die da draussen, die alten Schaluppen mit ihren Drittweltkalendern. Bei David Hasselhoffs *Hooked on a Feeling* wurde mir schlecht. Nada und Rico zogen weiter, ich legte mich ins Bett. Ich wollte noch an Elias denken, schlief jedoch sofort ein.

5

Es war 19 Uhr 05. Ich war spät dran. Das Wetter immer noch regnerisch. Ich trug einen leichten Pullover und zu enge Hosen. Noch fünfzig Meter. Hinter der nächsten Strassenecke. Ob er schon wartete? Ich war absichtlich zu spät losgegangen, damit ich mich beeilen musste und Elias mein lautes Schnaufen rein körperlich – nicht emotional – interpretieren würde.

Dann sah ich die Bar, der Neonschriftzug leuchtete bereits. Urbane Wärme. Davor waren vier Tische aufgestellt. Und er sass dort; am hintersten Tisch, neben einem Busch. Er sah anders aus, als ich ihn in Erinnerung hatte. Das Gesicht etwas breiter, jedoch nicht weniger hübsch. Er trug einen schweren dunkelgrünen Wollpullover. Einen Försterpullover. Als wäre er direkt vom Holzfällen gekommen. Umwerfend.

Ich tat so, als ob ich etwas anderes anschauen würde – einen Kaffeemaschinen-Laden auf der gegenüberliegenden Strassenseite –, und schwebte so in seine Richtung, zum Glück ohne zu stolpern. Im letzten Moment winkte ich kurz, als wäre ich überrascht, ihn zu sehen, und wir begrüssten uns mit drei Wangenküssen. Als Elias aufstand, stiess er sich am Tisch und geriet kurz aus dem Gleichgewicht. Meine Nervosität wich sofort. Auch er schien sich nicht vollends unter Kontrolle zu haben. Ich spürte Erleichterung, ja sogar Überlegenheit in mir aufkommen und schlug vor, drinnen zwei Bier zu holen. Im Dunkeln der Bar sammelte ich mich wieder. Mit Erstaunen stellte ich fest, dass meine Hände überhaupt nicht zitterten.

Worüber redeten wir an diesem Abend? Er erzählte mir von einer Studienreise. Es könnte etwas im ehemaligen Ostblock gewesen sein. Vielleicht Weissrussland?

Endlich bin ich erwachsen geworden, dachte ich stolz, als ich seinen Ausführungen nicht zuhörte. Gespräche über Reisen! Ich hatte die No-Bullshit-Stufe erreicht. Ich beobachtete, wie Elias' Mund gehaltvolle, schwere Sätze formulierte. Seine Zähne waren nun direkt vor mir, und ich konnte in Ruhe jeden einzelnen Zahn studieren. Jede Unebenheit, jeder noch so kleine Fleck bezauberte mich. Die Zeit der Belanglosigkeiten war vorbei. Keine Glitzerleggins tragenden DJs, keine zwangsgestörten Biochemiker, keine stalkenden Schauspieler mehr.

Obwohl ich Elias kaum folgen konnte, stellte ich mich weniger blöd an, als ich befürchtet hatte. Ich erzählte von meiner Semesterarbeit, von der Biennale, von meiner früheren Stelle in der Buchhandlung, von meinem jetzigen Job, für den ich mich etwas schämte.

Wieso? Musst du nicht, sagte Elias. Du bist selbständig, das ist die Hauptsache.

Wir unterhielten uns über das Sterben der Buchhandlungen. Darüber, dass Bücher mehr kosten sollten. Elias war ein Nostalgiker. Er konnte sich nicht vorstellen, elektronische Bücher zu lesen. Selbst sein eigenes Smartphone war ihm nicht geheuer. Er schwärmte davon, Papier in den Händen zu halten, etwas Echtes, das man riechen und fühlen konnte.

Und Menschen in die Augen schauen zu können sei ihm sowieso wichtig. Er hasse SMS.

Nach dieser Bemerkung sah ich ihm absichtlich etwas zu lange in die Augen, und er blickte darauf verlegen auf den Tisch. Mein Kopf wurde ganz heiss. Zum Glück schlenderte in diesem Moment ein Betrunkener an den Tischen vorbei und lallte ein trauriges Lied auf Portugiesisch. Die Leute an den anderen Tischen rollten mit den Augen. Sein Schmerz interessierte niemanden. Er war ein willkommener Statist.

Ich erzählte mit grossem Eifer Dinge, die mich eigentlich nur mässig interessierten. Städtereisen zum Beispiel. Ich gefiel mir in dieser neuen Rolle. Persönliches und Ehrliches liess ich für diesen Abend bleiben. Er musste schliesslich nicht gleich wissen, dass mich die Vorstellung, mit einem aus puddingartiger grauer Materie bestehenden Gehirn zu denken, jeden Tag von neuem erschaudern liess. Und dass es mich faszinierte, dass mein Schaudern über diesen Pudding aus dem Pudding selbst kam. Und dass ich jeden Tag über das Leben staunte, jeden Tag über mein

Gesicht im Spiegel strauchelte. Nicht weil ich es hässlich fand, sondern nur weil es mit mir in dieser Welt existierte. Weil ich existierte.

Wir sprachen über Dinge, die normale Menschen beschäftigen. Die USA. Er war noch nie dort gewesen. Besonders sympathisch sei ihm das Land sowieso nicht. Ich bemerkte einen winzigen braunen Fleck zwischen seinen Schneidezähnen und spürte ein Blubbern in der Magengegend, das Bier verursachte Blähungen. Ich versuchte es zur Abwechslung mit einer Provokation. Dein Bild von Amerika ist schon etwas arrogant, was macht dich als Schweizer so viel besser?

Er lachte zum Glück. Nichts natürlich, aber dort drüben ist doch alles so gleichgeschaltet, so genormt, aus Plastik, alle sprechen dieselbe Sprache, und amerikanische Touristen führen sich auf, als seien sie die Herren der Schöpfung, und überhaupt, mir ist dieses Volk nicht ganz geheuer.

Ich verdrehte belustigt die Augen, gerade noch so, dass es nicht böse oder abfällig wirkte, sondern engagiert und konstruktiv. In Wahrheit deprimierte mich seine Ansicht. Ich hatte ihn mir anders vorgestellt. Ich inspizierte jedoch weiter seine Zähne und musste mich zwingen, zwischendurch auf einen Blumentopf zu schauen.

Es ist schon zehn, stellte Elias fest. Ich muss morgen um sechs Uhr aufstehen.

Okay. Gut. Ich muss auch früh raus, log ich.

Wir spazierten zur nächsten Busstation und erzählten uns noch allerlei. Elias konnte sich offenbar nicht mit dem Verschwinden der Quartierläden abfinden. Ich erwähnte die Sendung über den Schuhmacher.

Er zeigte auf eine Fast-Food-Kette und verzog dabei das Gesicht. Schau. Genau, was ich meine. Die individuellen Geschäfte verschwinden alle, und dann wird so ein billiges Ding hingeklotzt, nur damit es ein halbes Jahr später wieder einem anderen weichen muss.

Hm … ja, traurig, wenn alles so charakterlos wird, sagte ich etwas zu lahm. Obwohl ich seine Meinung eigentlich teilte, hatte ich grosse Lust, ihm zu widersprechen. In meinem Hirn grölte eine kleine Hooligan-Gang: Burger für alle! Weg mit den überteuerten Bioläden! Billige Importware, Ramsch, Fertigfood! Neubauten! Anonymität!

Schon standen wir an der Bushaltestelle. Wir stellten fest, dass wir drei Stationen gemeinsam fahren konnten. Ich jubelte innerlich, als wir so dicht nebeneinandersassen. Ohne Vorwarnung klaubte Elias ein Stück Papier aus seiner Hosentasche und faltete es auseinander. Es war ein Artikel über eine Flusskreuzfahrt auf der Donau, die Burgruine Aggstein war abgebildet. Elias schmunzelte. Das habe ich vergessen zu erwähnen. Dort war ich letztes Jahr mit meiner Exfreundin.

Ich beäugte den Artikel wohlwollend und unterdrückte ein Lachen. Elias war sechsundzwanzig! Und er hatte letztes Jahr an einer Donaukreuzfahrt mit Weinverkostung teilgenommen, wie er ironiefrei erzählte. Mit seiner Exfreundin.

Elias freute sich über eine Passage im Text. Irgendein historisches Ereignis, ein betrunkener Prinz, der seine Gattin verwechselt hatte. Doch ich hörte ihm nicht mehr zu. Er hatte Exfreundin gesagt. Das müsste heissen, dass er im Moment Single war, und die Tatsache, dass er es überhaupt erwähnt hatte, signalisierte natürlich, so folgerte ich, dass er es mich wissen lassen wollte. Ich erhaschte seinen Blick, als er weiter über die Burg an der Donau redete, und nickte fleissig.

Ich musste den Bus verlassen. Wir verabschiedeten uns. Wieder drei Küsse auf die Wange. Keine halbpatzigen Gesten meinerseits, kein peinliches Kichern. Nichts.

6

Ich begann Montag meine Spätschicht. Vom Sonntag war nur ein verhaltenes Knistern übrig geblieben. Das Treffen mit Elias beschäftigte mich weniger, als ich gedacht hatte. Vielleicht war es die Donaukreuzfahrt, die alles etwas dämpfte?

Während ich Bücher einordnete, blühten meine Phantasien über ihn jedoch wie gewohnt auf. Schliesslich hatten sie durch das Treffen neue Nahrung erhalten. Zähne, Augen, Hände. Es formte sich eine brauchbare Replik in meiner Vorstellung, und ich tagträumte zufrieden vor mich hin. Elias war ganz einfach ein Nerd. Und das machte ihn umso anziehender. Das nächste Mal würde ich ihm diesen grünen Pullover vom Leib reissen.

Ich arbeitete das erste Mal mit Maria. Sie war äusserst schweigsam und hatte etwas von einem Chamäleon, das sich vorsichtig und lautlos durchs Dickicht tastete. Sie erledigte ihre Arbeiten pflichtbewusst. Doch manchmal stand sie minutenlang hinter der Kasse und starrte ins Nichts. Sie hätte genauso gut mit Schlittenhunden durch die Arktis gleiten können. Ihr Blick bohrte sich durch die Betonwände hindurch in eine wundersame Wildnis. Sie sah Dinge weit draussen. Schöne Dinge. Da war ich mir ganz sicher.

Frau Mavuzo kam leicht aufgedreht in Begleitung einer Mittfünfzigerin in den Laden und rief uns zu sich. Die Dame – sie stellte sich als Frau Speer vor – beaufsichtige, so erklärte sie uns gleich selbst, die Kioske am Flughafen. Wir könnten uns jederzeit bei ihr melden, falls wir Fragen hätten oder mit etwas unzufrieden seien. Kommunikation ist das A und O bei uns, betonte Frau Speer.

Sie betrachtete Maria und mich von Kopf bis Fuss, als wären wir neu hinzugekauftes Vieh. Es sähe besser aus, wenn die Hemden in der Hose steckten, meinte sie gönnerhaft und stemmte dabei ihre Arme in die Seiten. Auch seien zusammengebundene Haare immer besser im Verkauf – wegen der Hygiene. Sie beendete ihre Ausführung mit einer bedeutungsschwangeren Pause und musterte uns weiter. Mit der Frisur hatte sie Maria im Visier gehabt, die schuldbewusst über ihr Haar strich und beschämt auf den Boden schaute.

Frau Speer trug eine zeltartige schwarze Tunika, auf die silberne und goldene Pailletten aufgenäht waren. Sie sollten ein sich bäumendes Raubtier darstellen, wahrscheinlich einen Leoparden. Ihr Haar war kurz, und über der Stirn hing eine violette Strähne. Ein glitzernder Anhänger baumelte über ihrem üppigen Dekolleté. Es war ein goldener Clown, besetzt mit allerlei grünen, roten und durchsichtigen Steinchen. Selten hatte ich etwas so Hässliches gesehen.

Wie kam man auf die Idee, sich einen Clown um den Hals zu binden?

Doch das war nicht alles. Ihre Fingernägel waren sorgfältig mit zwei verschiedenen Farben lackiert worden, Weiss und Gold. Als Symbol ihrer modischen Experimentierfreudigkeit trug sie im Nagel ihres kleinen Fingers ein winziges Piercing.

Sie erklärte uns eifrig, wie die Magazine optimal zur Geltung kämen. Dabei hielt sie auffällig oft ihre Hände in unser Sichtfeld. Ich gaffte dabei wie hypnotisiert auf das kleine Piercing. Als sie sich schliesslich zur unteren Auslage bückte, sahen wir, wie ihre violett lackierten Zehennägel über den Rand ihrer Lacksandalen quollen. Die Füsse brachen wie Teig auf allen Seiten durch die Riemen, und als ich auch noch ihre verhornten Fersen bemerkte, schaute ich schnell weg und versuchte den Anblick zu vergessen.

Frau Mavuzo stand einen Meter hinter ihr, sah uns von der Seite an und unterdrückte ein Grinsen. Wenigstens war die Chefin auf unserer Seite.

Frau Speer hatte endlich ihre Mission erfüllt. Sie richtete sich keuchend auf, als hätte sie es stets besonders schwer mit diesen Kiosknullen. Übertrieben freundlich verabschiedete sie sich schliesslich von uns und schüttelte Maria und mir kräftig die Hand. Dabei fixierte sie mich, als versuchte sie irgendein Geheimnis in mir zu lüften. Die Chefin verabschiedete sich gleich mit. Wir atmeten auf.

Maria und ich verbrachten den Abend schweigend. Ich räumte den Rest der Bücher ein, eins nach dem anderen, Amalfi bis Zakynthos. Es galt, noch vier Stunden totzuschlagen bis zum Schluss. Ich reinigte den Boden, zuerst mit dem Besen, dann mit Seifenwasser, ausgerüstet mit Gummihandschuhen und Wischlappen. Ich liess keine Ecke aus. Dann verabschiedete ich mich für eine halbe Stunde und ass etwas am Tisch im schmalen Büro. Da ich keine Lust hatte zu denken, schaute ich ein Klatschmagazin an. »Cellulitis-Alarm« stand auf dem Cover, darunter die welligen Oberschenkel einer amerikanischen Schauspielerin, mit gelber Farbe eingekreist.

Als ich wieder rauskam, war etwas anders. Maria stand mit hochrotem Kopf hinter der Kasse. Sofort erzählte sie mir, was in der Zwischenzeit geschehen war. Frau Speer habe einen Typen beauftragt, im Laden Bücher zu klauen. Dieser habe in aller Ruhe eine ganze Tasche mit Büchern gefüllt und sei aus dem Laden marschiert. Natürlich habe sie davon nichts mitgekriegt. Nicht einmal andeutungsweise. Das erste Mal hörte ich Maria ganze Sätze formulieren.

Die Speer hat getobt: Eine ganze Tasche Bücher! Wissen Sie, wie viel Geld das ist? Und wie viel Geld die Firma jeden Tag durch solche Diebstähle verliert? Wo sind denn Ihre Augen, Ihr Verstand? Sie können doch nicht einfach hinter der Kasse stehen und ins Nichts starren! So ein verlogenes Biest, diese Speer.

Hat sie nichts anderes zu tun? Zuerst das mit dem Haar, dann so was. Drecksfirma. Sollen sie doch Kameras installieren.

Ich pflichtete ihr bei. Diese Schlange mit ihrem Clownanhänger. Jetzt sass sie bestimmt in ihrem Auto – wo wahrscheinlich auch ein Glitzerclown am Rückspiegel baumelte – und drückte mit ihren verhornten Füssen aufs Pedal. Ich sah sie fröhlich und staubwedelnd in ihrem Haus herumtänzeln, umgeben von Glastischen und Glasvitrinen. Im Keller die Waffensammlung von Ehemann Rudolf. Die Klingel ihres Hauses würde auch bestimmt nicht »ding dong« machen, sondern da wäre eine ganz besondere Melodie. Weil sie Originelles mochte. Wie das Piercing im Fingernagel. Ich sah weisses Leder, Porzellanschweine, Porzellanigel, Porzellanclowns in gläsernen Käfigen, in Körben sitzende traurige Clowns.

Das Ereignis hatte auch sein Gutes. Maria und ich verbrachten den Rest unserer Schicht damit, absurde Rachepläne für Frau Speer auszuhecken.

Als ich nach Hause kam, dämmerte es bereits. Ich zündete mir eine Zigarette an und blies den Rauch durch das Küchenfenster in den Innenhof. Das Licht schaltete ich nicht ein. Ich mochte es, mich wie eine Einbrecherin durch meine Wohnung zu stehlen.

Ein Streifen pinkoranger Himmel war vom Tag übrig geblieben, lachsrote Wölkchen hingen über dem Horizont, der von einer dunkelblauen Nachtdecke aufgefressen wurde. Weiter oben hing eine elegante Mondsichel. Die Lüftung der Spelunke ratterte zuverlässig wie immer. Im Garten des Thairestaurants sassen noch zwei Gäste auf den weissen Plastikstühlen. Eine Kerze zwischen ihnen. Niemand redete. Ich meinte eine Fledermaus durch den Hof fliegen zu sehen. Kurz darauf flatterte ein Mauersegler vorbei und schrie in die aufziehende Dunkelheit.

Der Vogelgesang erinnerte mich an die Sommerferien in Polen. Endlos viel Zeit. Endlose Weizen- und Sommerblumenfelder, ungenutzte Wiesen, wo mittendrin ein Ackergaul stand und Gras mampfte. Zäune und Tore im Nirgendwo, sinnlose Rosthaufen, Weite, Stachelbeeren, Blaubeeren, Pilze. Verstrahlte Pilze, wie mein Vater gerne erwähnte. Ich erinnerte mich an einen Birkenwald, wo weiches hellgrünes Gras am Boden wuchs. Der Wald sah so freundlich aus, als könnte man darin wohnen. Ganz anders als all dieses Stachelzeugs in den hiesigen Gehölzen. Ich hatte das warme Licht bestaunt, das durch die Baumkronen auf den Boden strömte.

Wieso hatte ich dieses Licht nicht getrunken, mich darin gebadet, mich darin aufgelöst? Wieso hatte ich in meiner Kindheit diese Dinge nicht mehr geschätzt? Wieso hatte ich die Autoausflüge mit meinem Grossvater nicht mehr genossen?

Ich schloss die Augen und zog an der Zigarette. Ich schaffte es nicht einmal, sein Buch aufzuschlagen, dabei war er der Einzige in unserer Familie, der versucht hatte, sein Leben zu ordnen, es nicht zerfleddern und zerstäuben zu lassen.

Ich stach der Voodoopuppe eine Nadel in den Hals. Für Frau Speer. Für alle Menschen, die Clowns um den Hals tragen, und für alle, die es geniessen, andere zu demütigen.

7

Das nächste Wochenende verbrachte ich mit einer Mittelohrentzündung im Bett. Bis Mittwoch war im Laden noch alles gutgegangen. Donnerstag jedoch war ich müde und schwankend hinter der Kasse gestanden. Ich erhielt von jedem Kunden, der mir eine Münze in die Hand drückte, einen elektrischen Schlag. Irgendetwas lag in der Luft. Als die Flughafenmusik in meinen Ohren plötzlich klang, als würde ich unter Wasser liegen, und *Kids in America* wie eine satanistische Beschwörung, meldete ich mich bei der Chefin ab und suchte das Ärztezentrum auf. Der Arzt, diesmal ein älterer, gab mir sofort ein Rezept für ein Antibiotikum und schrieb mich für eine Woche krank. Ich schleppte mich nach Hause, ein bisschen glücklich darüber, dass ich mir die Krankheit nicht schon wieder eingebildet hatte. Sieben freie Tage!

Zu Hause legte ich mich ins Bett, schluckte die erste grosse Tablette und nippte am heissen Tee. Was Elias in diesem Moment wohl machte? Vier Tage war es nun her. Was hatte er mir im Bus zum Abschied gesagt? Angestrengt versuchte ich mich zu erinnern, doch ich scheiterte immer wieder. Vielleicht war es das Fieber. Hatte er ein Konzert erwähnt? Ich war zu erschöpft. Ich musste an seinen grünen Pullover denken. Wenn ich wenigstens diesen bei mir im Bett haben könnte. Ich würde mich im Fieberwahn darin einwickeln. Ich zog die Decke über den Kopf und schlief ein.

Ich sass mit mehreren Menschen an einem Tisch. Oder vielleicht waren es gar keine Menschen. Da hockten kreideweisse Gestalten mit dünnen, transparenten Beinchen, die Sojasprossen ähnelten. Einige von ihnen malten mit weisser Kreide etwas auf ein T-Shirt. Ich hatte dies zunächst nicht bemerkt und die Wesen bemitleidet. Das muss eine schwere Behinderung sein, dachte ich, als ich ihre Beinchen betrachtete. Dann sah ich aber, dass sie sehr eifrig meinen Namen auf dieses T-Shirt malten. Aus irgendeinem Grund machte mich das fuchsteufelswild, und ich schrie in die Runde: Vielleicht seid ihr trotz eurer dünnen Beine einfach nur Arschlöcher? Kaum hatte ich das gebrüllt, war ich sehr zufrieden mit mir.

Ich verliess die Gesellschaft der verdutzten Dünnbeinler und stand nach einer kurzen Reise vor den Mauern einer mittelalterlichen Stadt. Ich suchte verzweifelt das Tor, doch da war keins. Ich gesellte mich zu ein paar Teenagern, die dort vor der Mauer herumlungerten, und erzählte ihnen die Geschichte von den weissen Kreaturen und dass ich ab jetzt nie mehr nett sein würde. Sie hatten viel Verständnis und nickten schweigend. Das Tor hatte ich vergessen.

Leicht verschwitzt erwachte ich in den sommerlichen Nachmittag. Ich hatte nur zwanzig Minuten geschlafen. Über den Bettrand lümmelnd, musterte ich das Gesicht meines Grossvaters, das mir auf dem Cover seines Buchs entgegenlächelte. Vielleicht würde ich am Abend eine Seite lesen.

Weil ich am Nachmittag geschlafen hatte, war ich am Abend seltsam überdreht. Ich begann im Internet Psychologievorträge zu schauen. Erkenntnisse übers Scheitern, übers Aufstehen. Die Kraft der Verletzlichkeit. Die Wut der Frauen. Wie man aufhört, sich selbst zu verarschen. Schamgefühle. Hass. Depressionen. Essstörungen. Sucht. Erfolg. Alle schienen direkt zu mir zu sprechen.

Nach über zwanzig TED-Talks konnte ich immer noch nicht aufhören. Ich brauchte die Geschichten. Ich machte mir eine Bouillon, schluckte wieder eine Tablette und löffelte vor mich hin, während ich gebannt zusah. Eine junge Amerikanerin stellte ihr Projekt vor. Sie hätte sich mit ihrem Perfektionismus beinahe zerstört. Nun baute sie unbrauchbare Maschinen. Sie stellte ihre haareschneidende Drohne vor, das Publikum klatschte begeistert. Ich weinte. Nutzlose Maschinen. Genial!

Danach schlief ich den friedlichsten neunstündigen Schlaf meines Lebens. Die Pompejaner weit weg.

8

Es war Mitte Juli, als am Flughafen das Inferno begann – die Sommerferien. Schlechtgelaunte und überdrehte Familien hetzten kreuz und quer durch den Laden und rissen sorgfältig gestapelte Bücherberge mit sich – auf der verbissenen Suche nach der ultimativen Unterhaltung, dem besten Reiseführer, dem effektivsten Ratgeber, egal ob Achtsamkeit, Engel oder Start-ups. Der neuste Hausfrauen-Erotikthriller war nun jeden Tag ausverkauft. Die drei Büchertürme, die ich morgens noch sorgfältig zurechtgerückt hatte, waren innert weniger Stunden weg. Ich bückte mich nach zwei Exemplaren, die unter den Tisch gefallen waren. Sie sahen aus, als hätte sie jemand absichtlich getreten. Ein Schuhsohlenabdruck war gut erkennbar. Fette Staubmäuse klebten am Rand eines Exemplars. Hautzellen Tausender Menschen.

Selbstzufriedene, vorgebräunte Familienväter standen mit ihren Flip-Flops und atmungsaktiven Outdoorshirts herum. Sie lasen seelenruhig in den Biographien von Bergsteigern, Aussteigern, Gletscherbewältigern, brachen den Büchern den Rücken und versauten das Hochglanzpapier mit ihren fettigen Fingerabdrücken.

Ein adrett gekleideter Krawattenschnösel mähte mit seinem Rollkoffer einen ganzen Stapel Zen-Buddhismus-Praxisbücher zu Boden. Der Mann schaute sich kurz um, blickte mir direkt in die Augen, zuckte mit den Schultern und zischte um die Ecke zum nächsten Terminal. Nicht sein Land, nicht sein Job. Ich schaute ihm nach und wünschte, mein Blick könnte sich wie Säure in seinen Rücken brennen.

Währenddessen rissen die Bergsteiger-Väter und werdenden Sadomaso-Hausfrauen weiter Bücher aus den Regalen und hinterliessen auf den Ablagen angebissene Sandwiches und zerknüllte Verpackungen. Die Kinder dieser Menschen hatten regelmässig Tobsuchtsanfälle, zerrissen die Hefte, leerten klebrige Getränke aus und sabberten über die Bücher.

An der Kasse bildeten sich von morgens bis abends Schlangen selbstgefälliger Idioten. Das haben wir uns jetzt aber verdient! Das gönnen wir uns! Dann plötzlich: Wieso ist dieses Heft so teuer? Das kann ja nicht sein. Wo ist der Chef? Wieso schliessen Sie schon um neun? Wieso haben Sie dieses Buch nicht? Wieso putzen Sie und bedienen nicht? Der Boden ist klebrig! Wieso funktioniert meine Karte nicht?

Wir manövrierten nun jeden Tag ein Schiff durch hohe, stürmische See. Unser einziger Trost bestand darin, mit dem Mittelfinger auf den Kassenbildschirm zu tippen und in den Pausen Mordphantasien auszutauschen.

9

Am nächsten Wochenende liess ich mich von Nada überreden, sie zu einer WG-Party zu begleiten. Ich hätte den Samstag lieber alleine verbracht, Dokumentarfilme und Motivationsreden geschaut. Doch Nada liess nicht locker. Vielleicht vergisst du diesen elenden Elias, wenn du mal andere Typen siehst. Das kann es doch auch nicht sein, wenn der sich so lange nicht mehr meldet. Die Party wird dir gefallen, ist in einer alten Villa am See.

Ich gab ihr recht. Scheiss auf Elias, seine Zähne, seinen grünen Pullover. Party am See!

Nachdem wir den Zug genommen hatten und in diesem Kaff eine halbe Stunde herumgeirrt waren, fanden wir die besagte Villa endlich. Es vibrierte bis auf die Strasse, eine Weedwolke umhüllte das gigantische Anwesen. Irgendwo im Garten trommelte jemand.

Als ich durch die Eingangstür ging, roch ich als Erstes die Ausdünstungen der Bewohner. Ungewaschene, speckige Kleidung vermischte sich mit der zehntausendsten Tomatenzwiebelspaghettisauce. Dazu eine Nuance Kaffeemundgeruch und irgendwo ein Hauch Angstschweiss aus den Achselhöhlen psychotherapierter, feinfühliger Akademikerkinder. Das erste Mal im Leben wurde mir klar, dass ich dieses säuerliche Gemisch schon immer gehasst hatte. Ich wollte auf dem Absatz kehrtmachen, doch Nada bugsierte mich über die Schwelle.

Laute Diskussionen und überdrehtes Gewieher waren aus den oberen Stockwerken zu vernehmen. Der Bass liess den Holzboden erzittern. Es lief ein Sommerhit aus den Neunzigern. Nada drehte sich zu mir um und grinste mich an, als würde es eine ganz besondere Nacht werden.

Wir bewegten uns in Richtung Küche. Die grosse Auswahl an Alkoholischem beruhigte mich. Nach einem Bier hatte ich den ranzigen Körpergeruch im Haus schon vergessen. Eine wohlige Zufriedenheit breitete sich in mir aus. Ich würde das irgendwie hinter mich bringen.

Ich unterhielt mich mit exzentrischen Theatermenschen über Hypochondrie – jeder war schliesslich Hypochonder, und niemand war doch ernsthaft krank. Hahaha! Weisst du noch, als ich dachte, ich hätte Syphilis?, säuselte eine Frau mit Hasenzähnen und Pagenschnitt scherzhaft zu ihrer Vertrauten mit dem gleichen Pagenschnitt. Während ich in der riesigen Küche stand, kamen immer wieder neue Menschen rein und checkten ab, was so rumstand.

Nach einer Weile wurde es mir zu langweilig in der Küche. Ich betrat ein anderes Zimmer, schaute mich um und stellte fest, dass Nada verschwunden war. Eine Frau, dünn wie ein Windhund, grüsste mich, ich grüsste zurück. Fast hätte ich sie nicht wiedererkannt. Anastasia – wir hatten zusammen die Buchhändlerlehre gemacht. Wohnte sie etwa hier? Sie musste mindestens zwanzig Kilo abgenommen haben. Ihr insektenartiger Körper schien unermüdlich zwischen den Räumen hin und her zu huschen. Jetzt schraubte sie an einer Stereoanlage herum. Dauernd schien sie etwas zu organisieren, einen Plan zu verfolgen, steckte Kabel ein oder aus, lächelte, erklärte, bot Leuten Essen an – ihr knochiges, ausgezehrtes Gesicht bahnte sich stets zielgerichtet den Weg. Es machte mich müde und hungrig, ihr zuzusehen. Ihre dürren Kinderbeinchen faszinierten mich jedoch. Da hatte jemand seine Lebensaufgabe gefunden. Atemlos, aufopfernd und hilfsbereit war Anastasia. Sie passte sogar zur Inneneinrichtung des Hauses. An einer Wand hing ein handgeknüpfter Teppich, auf dem Strichfiguren einen Tanz mit Töpfen auf dem Kopf vollführten. Wahrscheinlich kochte sie jeden Tag für ihren Freund. Sie würde ihm noch kurz vor ihrem Hungertod einen Blowjob geben, die Tomatenzwiebelspaghettisauce würde dabei friedlich vor sich hinblubbern.

Ich schnappte mir ein dickes Stück Mohnkuchen und verschlang es gierig, während ich Anastasia weiter beim Abrollen, Ordnen und Einstecken von Kabeln beobachtete.

Ich würde Nada später suchen, nahm ich mir vor, kontrollierte den Pegel in meiner Bierflasche, die zum

Glück noch halbvoll war, und hielt mich an ihr fest. Im Türrahmen stehend und das Wohnzimmer überblickend, beschloss ich, keine angestrengten Gespräche mehr zu führen, sondern die Leute zu beobachten. Ich sah andere, die denselben Plan zu verfolgen schienen. Andere, die sich auch allein an Flaschen oder Tellern festkrallten inmitten der ausgelassenen Party mit all den crazy intelligenten, kreativen Menschen mit Einhorn-Ohrringen und total spontan und zufällig gefundenen Secondhand-Rüschenblusen aus Vilnius oder Mangaluru. Fünf Minuten würde ich dies tun – mit der Flasche in der Hand am Türrahmen lehnen. Nur fünf Minuten. Würde ich es länger tun, wäre ich der einsame Freak. Dazu fehlte mir der Mut. Nach diesen fünf Minuten würde ich mich wieder auf die Suche nach Essen machen, damit ich aussah, als ob ich ein Ziel hätte. Und danach würde ich die Toilette aufsuchen, damit ich von einem Zimmer zum nächsten gehen konnte, beschäftigt aussah. Und danach zum Garten, Nada suchen.

Mit diesem ausgefuchsten Programm im Kopf stand ich also dort im Türrahmen und liess mich alle paar Sekunden von Leuten anrempeln, die an mir vorbei ins Wohnzimmer wollten. Ich tröstete mich. Bald würde ich wieder allein in meiner lottrigen Wohnung sein, mir eine Zigarette anzünden und dem samtigen Rauch auf seiner Reise aus dem Fenster nachschauen.

In diesen fünf Minuten hatte ich Zeit, über mich nachzudenken. Wieso liess ich mich immer wieder zu diesen elenden Veranstaltungen schleppen? Es war überall dasselbe. In besetzten Häusern mit gesprengten Kloschüsseln und kichernden, kotzenden Kiffern, in biederen, mit Zirkusbildern und Flokatiteppich ausgestatteten Spiesserwohnungen. Egal, ob Clowns oder Kotze, es war meistens unerträglich. Doch ich stand wieder einmal in einer Türschwelle.

Einen Meter vor mir unterhielten sich zwei schöne Menschen in Vintagemode. Sie, schwarz gekleidet im Stil der Zwanziger, lispelte leicht und redete mit der Stimme eines Kleinkindes, wobei sie den Typen mit unterwürfigen Rehaugen anblinzelte. Er, ein Masthahn in selbstbewusster, einstudiert lässiger Haltung, streichelte sich mit der einen Hand über den Bauch, die andere hielt ein Glas Rotwein. Die obersten drei Knöpfe seines Hemdes waren geöffnet. Manchmal wanderte seine Hand kurz in seinen Ausschnitt, als würde er sich kratzen. Doch er wollte sich nur streicheln, seinem Götterkörper nahe sein. Beide spuckten – als wären sie an einem verdammten Kolloquium – im Sekundentakt Wörter wie Dialektik, Diskurs und Mythos aus. Sie wandten sich immer wieder voneinander ab und versuchten, das noch extravaganter wirkende Grüppchen neben ihnen zu beeindrucken.

Inmitten dieser Exzentriker entdeckte ich zu allem Unglück noch Pawel, eine Exaffäre. Er nickte mir gelangweilt zu und errötete etwas. Eine einzige, grauenhaft peinliche Nacht verband uns. Es war ein Jahr her. Verstörtes Gefummel ohne Sex, da er, wie er mir versichert hatte, allergisch auf Kondome war. Ich hatte mehr von ihm erwartet. Seine Erscheinung – eine Kreuzung zwischen Zirkusartist und Kleinkriminellem – war ziemlich aufregend. Es hatte sich herausgestellt, dass er Yogalehrer war und einen Hund besass. Was ja eigentlich nichts Schlimmes gewesen wäre, hätte er den Hund nicht angeschrien, als dieser sich nicht ins Körbchen legen wollte. Hunde anschreien und Yogalehrer sein. Nein, danke. Nach der Begegnung mit Pawel schwor ich mir, nie wieder auf exzentrische Künstlerkleidung reinzufallen. Weder auf Leopardenleggins noch auf Goldketten.

Für einen Augenblick kreuzte sich mein Blick mit jenem des Hemdtypen. Ein kalter, nichtssagender Blick. Mich schauderte. Ich beschloss, schon jetzt aufs Klo zu gehen. Im schlimmsten Fall würde ich einfach abhauen.

Zehn Minuten lang begutachtete ich die mutmasslichen Kokainstreifen auf dem kleinen Holztischchen und die biologisch abbaubaren anthroposophischen Pflegeprodukte im Badezimmer. Arnicasalbe. Hafershampoo. Hirseshampoo. Granatapfellotion. Ich schüttete den Inhalt der Calendulaessenz ins Klo.

Im Garten standen ein paar Leute rund um eine Feuerstelle. Fleisch und Vegetarisches lagen auf dem Grill. Ich entdeckte Nada. Sie redete mit einem Typen. Ich gesellte mich zu ihnen und starrte ebenfalls ins Feuer. Das Knistern hatte etwas Versöhnliches. Auf der anderen Seite des Feuers stand eine aufgedrehte Frau mit geometrischem Schmuck und imitierte vor ihren Kollegen ein Gespräch zwischen zwei Frauen, die anscheinend seit zwanzig Jahren in der Schweiz lebten, noch immer kaum Deutsch sprachen und deshalb ihre Abstimmungsunterlagen nicht verstanden. Die Gruppe überschlug sich vor Wonne.

Dann folgte der Höhepunkt der Party. Anastasia rief uns aus einem Fenster zu, dass die Performance jeden Moment beginne.

Welche Performance? Ich sah Nada böse an.

Keine Ahnung, wirklich nicht, wahrscheinlich irgendetwas für das Geburtstagskind, Zoe.

Scheisse, wieso hast du mir nicht gesagt, dass wir an einer Geburtstagsparty sind?

Dachte, du weisst das. Ist doch egal.

Ich kannte Zoe nicht, aber es war sowieso zu spät. Die betrunkene Meute lief ins Haus.

Im herrschaftlichen Wohnzimmer war das Licht gelöscht worden. Ich stolperte über ein Kabel und setzte mich in die vorderste Zuschauerreihe. Da war eine Leinwand, die ich vorher nicht gesehen hatte. Es lag Spannung in der Luft. Eine Lesung, glaube ich, raunte jemand hinter mir. Gedichte. Mit Multimedia.

Der aufgeplusterte Hemdtyp von vorhin stellte sich vor die Leinwand. Sofort spürte ich den Drang zu fliehen. Doch ich konnte nicht mehr aufstehen. Die verkrampfte Intimität im Raum sprengte fast die Luft. Mein Hintern schmerzte bereits auf dem Holzparkett.

Das Hemd begann mit seiner Schau und sprach: Wir sassen zusammen auf einer Bank oberhalb von Konolfingen und lutschten Kirschsteine. Kirschsteine lutschen. Kirschen. Reif. Saftig. Süss. Wir spuckten uns die Steine ins Gesicht. Neunzehndreiundneunzig.

Die künstlichen Pausen zwischen den Sätzen zogen sich ins Unendliche. Ich schwitzte. Das Hemd schnaubte, schnappte sich einen Stuhl, drehte ihn um und setzte sich darauf, wie es nur Vollidioten auf der Bühne tun. Er umarmte die Stuhllehne, sein üppiges langes Haar fiel in Kaskaden vornüber. Hinter ihm, auf der Leinwand, flackerten verpixelte Pornoszenen, überlagert von Kirschblütenbildern. Wir lutschten Kirschsteine!, schrie er plötzlich in die Runde, um danach leise zu hauchen: Kirschsteine lutschen. Oberhalb von Konolfingen.

Stille. Der Künstler stand auf und lachte gequält, aber stolz über uns hinweg. Es wurde geklatscht. Ich applaudierte und strengte mich an, einen besonnenen

Gesichtsausdruck zu machen. Ich war froh, dass Nada nicht neben mir sass. Mir war zum Heulen zumute, weil ich das Lachen so gewaltig unterdrückt hatte. Mein Hintern schmerzte nun so fest, dass ich mich auf meine Tasche setzen musste. Meine Augen hatten sich an die Dunkelheit gewöhnt, und ich versuchte, möglichst niemanden anzusehen. Die dünne Vielbeschäftigte räumte den Stuhl weg und hantierte mit dem Projektor. Es wurde geflüstert. Der alte Villenboden knarrte, wie es nur gutbürgerliche Dielen konnten. Es klang automatisch nach gehobener Kultur.

Ich fummelte in meiner Handtasche und holte mein Mobiltelefon heraus. Irgendetwas drücken, irgendetwas lesen, beschäftigt aussehen. Ich duckte mich und hoffte, die Vorstellung würde bald zu Ende sein. Aufstehen und rausgehen war immer noch keine Option, alle sassen nach wie vor gespannt auf dem Boden und flüsterten. Die beseelte Atmosphäre hatte sich nach dem Auftritt gefährlich potenziert.

Die Vorstellung ging weiter. Ein Kurzfilm über die Peru-Reise des Geburtstagskinds wurde gezeigt. Höhepunkt des Films war die verwackelte Aufnahme einer Handkamera. Man sah eine dicke Indiofrau, die am Strassenrand urinierte, geschützt von ihrem Wickelrock. Dazwischen absichtlich peinliche Schnappschüsse des Geburtstagskinds.

Die Leute konnten sich kaum erholen. Das Gelächter war so laut, dass der Kulturboden laut mitächzte. In diesem Moment, mitten im Geächze, stand ich auf und verliess den Raum.

Ich wählte die Nummer für ein Taxi, schloss die Haustür hinter mir, dann die Gartentür. Erleichtert setzte ich mich auf eine noch warme Mauer und wartete.

Als ich im Taxi sass, piepste mein Handy. *Kommst du morgen an dieses Open Air im Aargau?* Absender: Elias.

Ich sah mein selig verzerrtes Gesicht im Rückspiegel.

Der Taxichauffeur sah es offenbar auch. Er stellte das Radio an, hustete in gewaltig raspelnden Stössen und spuckte schliesslich den Rotz aus dem Fenster. Sorry, sagte er, eine Allergie, und drehte das Radio noch lauter.

Dann die Nachricht von Nada: *Spielverderber.*

10

Am nächsten Tag sass ich frisch zurechtgemacht am Küchentisch und hielt einen Moment inne, als hätte ich einen Wettkampf vor mir. Wieso konnte ich die Dinge nicht einfach locker angehen? Wieso immer diese Aufregung? Je mehr ich mir einredete, dass nichts dabei war, an ein Open Air in irgendeinem Nest zu gehen, desto wilder pochte es. Ein vorauseilendes Heimweh überkam mich. Wieso hatte ich überhaupt zugesagt? Plötzlich graute mir vor dem Schritt vor die Haustür. Wieso musste sich das Leben ausserhalb meiner vier Wände abspielen? Einen Moment lang wünschte ich mir, Elias würde absagen. Doch das Handy schwieg.

Ich öffnete den Kühlschrank und griff nach der Wodkaflasche. Selbstmedikation, hörte ich meinen Kühlschrank flüstern. Schwach! Sehr schwach.

Ich machte mir einen Wodka mit Orangensaft und mutierte gleichzeitig zum Teenager. Dachte an damals, als es noch wahre Abenteuer, wahre Liebe, wahren Hass, wahre Todessehnsucht gab. *My So-Called Life,* Babyzynismus, Erde, Rauch, Herbst. Wobei die Erde schwarz und fruchtbar war, bei jedem Schritt federte. – Seltsame Gedanken am sommerlich klebrigen Küchentisch. Und ich fragte mich, wieso ich meine Teenagerjahre mit der Jahreszeit Herbst verband.

Schon ein einziger Schluck wirkte Wunder. Wieso konnte ich nicht einfach hoffnungsvoll sein und mich freuen? Ich würde seine Zähne wiedersehen! Vielleicht würden wir über Biogemüse und Gentrifizierung reden und danach über uns herfallen.

Ich nahm einen weiteren Schluck und hörte dabei dem Thailänder unten im Hof zu. Wie immer das Stühlerücken, dann rief jemand etwas aus der Küche. Es klang wie ein Scherz. Heute war man gutgelaunt.

Es war Zeit. Ich schloss die Tür hinter mir und machte mich auf den Weg zum Bahnhof. Die Köpfe der Passanten verschwammen alle in meinen Augenwinkeln.

Elias war noch nicht da, als ich mich dem Treffpunkt näherte. Gut, kann ja vorkommen. Ich verschränkte die Arme und sah an mir herunter. Ich hatte ein Kleid angezogen, was ich selten tat. Ein hauchdünnes Sommerkleid, schwarz, mit kleinen weissen Punkten, dazu easy Turnschuhe, um die romantische Note zu brechen. Meine weissen Arme und Beine sahen unvorteilhaft aus.

Mein Heimweh wurde heftiger, je länger ich wartete. Ich wünschte mir, wieder richtig atmen zu können, auf meinem Sofa zu sitzen, sinnlose Pläne zu schmieden. Veränderung tut immer weh, hatte ein Kalifornier in einem Motivationsclip gesagt. Vielleicht hatte er recht, und ich steckte nun mitten im Veränderungsprozess. Dare to dream!, forderte eine Schwimmerin, die noch mit sechzig trainierte, um von Kuba nach Florida zu schwimmen. Hatte ich überhaupt Träume? Vielleicht könnte ich einen Gnadenhof für Tiere eröffnen und daneben diese japanischen Keramiken töpfern, die ich in einem Dokumentarfilm gesehen hatte. Nach der Wabi-Sabi-Philosophie, in der Einsamkeit und Unscheinbarkeit respektable Werte sind.

Ich glasierte in Gedanken eine meiner einzigartig verkrüppelten Schüsseln, vergoldete soeben eine Bruchstelle, als Elias daherkam. Auf meiner Oberlippe sammelten sich sofort kleine Schweissperlen. Ich wischte schnell mit der Hand darüber. Von den Füssen her schwappte eine Hitzewelle direkt in meinen Kopf und sickerte langsam in der Magengegend wieder ab. Da kam er, trug ein schwarzes T-Shirt und Jeans, sein dunkles Haar umrahmte filmreif – gezähmt wild – sein perfekt rasiertes, schönes Gesicht. Er strahlte und blickte gleichzeitig scheu wie ein Schuljunge auf den Boden. Und die Zähne. Mir wurde etwas schwindlig. Die Menschen rundherum hatten sich in Pappfiguren verwandelt. Der Bahnhof wurde zur Kulisse des besten Films aller Zeiten.

Wir küssten uns zur Begrüssung auf die Wange. Wie alte Freunde. Ich hielt den Atem an, versuchte, nicht innezuhalten, nicht zu denken, nicht zu fühlen. Wir tauschten uns über Belanglosigkeiten aus.

Gleisnummern, Uhrzeiten. Gleis vierzehn, ja, wir haben noch zehn Minuten. Sollen wir noch eine rauchen? Nein, ähm, oder vielleicht. Hast du bereits ein Ticket? Ja. War ziemlich teuer. Ja, ziemlich teuer. Scheissbahn. Hm. So ging es weiter, bis wir schweigend am Gleis standen und rauchten. Der Zug fuhr bereits ein.

Die Reise dauerte nur eine halbe Stunde. Ein älteres Paar sass in unserem Abteil und beäugte uns kurz – wohlwollend, wie mir schien. Wir diskutierten etwas zögerlich über das Landleben, denn dieses erstreckte sich gerade in voller Pracht vor unseren Augen. Perfekt gemähte Wiesen legten sich um herausgeputzte Bauernhäuser. Ein kleiner See schimmerte türkisfarben vor sich hin, als wäre das ganz normal und nicht absolut hinreissend. Der Duft von frisch geschnittenem Gras drang bis ins Zuginnere. Ich hatte den Geruch vergessen und atmete tief ein.

Elias hielt sehr viel davon. Vom Leben in der Natur, mit der Natur. Wäre halt ideal für Kinder, meinte er.

Für Kinder! Wieso sah ich jetzt ein rotzendes Kind in Latzhosen vor mir, das mit seiner kleinen Hacke auf einen Regenwurm einschlug? Ich sah, wie die Stücke sich noch weiterbewegten. Es hätten mir auch andere Bilder in den Sinn kommen können, schöne, doch da war nichts. Ich schluckte leer und bejahte. Ja, sicher, ideal für Kinder.

Kinder. Wir hatten uns noch nicht einmal geküsst, und schon war das Wort gefallen. Meine Hitzewallung von vorhin hatte sich in ein Schaudern verwandelt. Vielleicht war das gut so. Ich ging ganz einfach mit einem Bekannten an ein Konzert. Eine ganz unverbindliche Sache.

Wir fuhren langsam an einer Schrebergartenkolonie vorbei. Mir fiel eine lustige Anekdote einer Bekannten ein, die einen Schrebergartenkrieg miterlebt hatte. Einen richtigen, mit Polizei. Elias fand das amüsant. Er nannte mir ein Buch, das ich nicht kannte, von einem Schweizer Schriftsteller, den ich ebenfalls nicht kannte. In diesem Roman habe sich etwas Ähnliches zugetragen. Ich versuchte noch etwas Geistreiches aus mir rauszudrücken, doch in mir war es spiegelglatt. Den Rest des Wegs schwiegen wir.

Am Bahnhof des Kaffs, das Mümmlikon hiess, mussten wir nicht nach dem Weg fragen. Scharen von Hippies liefen schon den Hügel hinauf. Ältere Menschen im Outdoor-Partnerlook, barfüssige Mädchen mit Ketten und Glöckchen an den Fesseln und Tüchern im Haar, Jungs mit dicken Dreadlocks und Didgeridoos auf den Schultern zogen in ihrer Graswolke an uns vorbei. Die Stimmung war gelassen, der Himmel zumindest teilweise blau. Hinter den Baumwipfeln zogen dunkle Wolken auf.

Wir liefen den Hügel hinauf, und Elias redete über die Ausgrabungen und den Stand seiner Arbeit. Als wir das Festivalgelände erreicht hatten, waren die dunklen Wolken schon beinahe über uns, die Musiker auf der Bühne schon in voller Aktion.

Wir setzten uns mit Bier auf eine Bank im riesigen Festzelt. Ich versuchte, meine Angst vor dem aufziehenden Gewitter wegzuschieben, so zu tun, als sei ich ein normaler Mensch. Wir scherzten, redeten über Erlebnisse bei anderen Festivals, über die Macken unserer Eltern und kauzige Professoren an der Uni.

Elias studierte das Festivalprogramm und stellte fest, dass nun seine Lieblingsband spielen würde – der Name sagte mir nichts. Es interessierte mich auch nicht, da im selben Moment ein Donnergrollen zu hören war. Ich duckte mich unwillkürlich und fühlte mein Gesicht erbleichen. Ich werde hier sitzen bleiben, tut mir leid.

Er nickte verständnisvoll. Dann treffen wir uns später wieder hier.

Ich blieb mit meinem Bier im Zelt.

Nach einigen Minuten begann es in Strömen zu regnen. Bald krachte es ohrenbetäubend. Ich hielt mich an meinem Becher fest. Irgendwo hatte ich einmal gelesen, dass auch Hunde an Gewitterangst litten. Gerne hätte ich einen dabeigehabt. Wir hätten zusammen unter dem Tisch winseln können. Warum hatte ich solche Panik? War es die ultimative Energie, vor der ich mich fürchtete? Die Lebensenergie? Waren nicht sogar Blitze verantwortlich für das Leben an sich? Hatten nicht Blitze in die vor sich hindümpelnde Ursuppe eingeschlagen und so die ersten Bausteine des Lebens erzeugt? Ich zitterte etwas und beobachtete ein älteres Ehepaar, das sich einen Joint teilte. Wir könnten bald alle tot sein, dachte ich, auf unserer Haut diese wunderschönen verästelten Lichtenberg-Figuren, die ein Blitz hinterliess.

Von weitem hörte ich Elias' Lieblingsband spielen. Freche Wortspiele – Butterbrot, Hirntod und so weiter –, dazu Gitarre und Oboe oder so ähnlich. In diesem Moment schlug ein Blitz im Wäldchen hinter der Bühne ein. Es knallte so gewaltig, dass ich kurz ein Pfeifen in den Ohren hatte. Die Band unterbrach das Konzert. Scharen von Konzertbesuchern suchten Schutz in den Unterständen. Das Zelt füllte sich, ich entdeckte Elias, der mit suchendem Blick und nassem Haar zwischen den Tischen entlanglief. Ich hatte das starke Bedürfnis, ihm die Haare trockenzureiben und ihn festzuhalten. Er redete jedoch über das Konzert, über die Instrumente, die genialen Wortspiele, den neuen Bassisten, und ich verdrängte meine Gedanken schnell wieder.

Als das Gewitter weitergezogen war, spazierten wir über die nasse Wiese und freuten uns über die farbigen Lampions, die überall hingen. Wir holten uns etwas zu essen und setzten uns auf ein Sofa in einer der überdachten Bars. Wir mussten uns dicht aneinanderdrängen, da noch zwei andere dort sassen. Unsere Arme und Beine berührten sich. Wir redeten ein bisschen über Literatur und Film, und ich wusste eigentlich überhaupt nicht, was ich sagte, da die Wärme, die von seinem Körper auf meinen strahlte, kaum auszuhalten war. Doch ich hielt mich brav an meinem Pappteller fest und ass meine Crêpe, er etwas Indisches.

Ich glaube, wir müssen zurück, nach elf gibt es keine Züge mehr in Mümmlikon. Elias wischte sich die schmutzigen Hände an seinen Hosen ab und stand auf.

Wieder war nichts geschehen. Auch nicht während des Heimwegs durch den dunklen Wald, wo es ein Leichtes gewesen wäre, nach der Hand des anderen zu greifen, noch im Zug, wo ein Haufen anderer Festivalbesucher betrunken vor sich hinlallte und man sich von der allgemeinen Ausgelassenheit hätte anstecken lassen können.

Wieder verabschiedeten wir uns mit flüchtigen Wangenküssen. Ich zottelte etwas verstört nach Hause. Hauptsache, ich war nicht vom Blitz getroffen worden.

11

Nach einer ruhigen Arbeitswoche ohne eine einzige Nachricht von Elias liess ich mich erneut von Nada überreden. Sie wollte den Vortrag eines berühmten Videokünstlers namens Raoul Falkenstein sehen. Er stelle an der Kunsthochschule seine frühen Werke vor, eine Art Retrospektive. Dauert höchstens zwei Stunden! Und der Typ ist echt gut!

Ich sagte zu. Am Abend mal keine Zeit mit Dokumentarfilmen und Motivationsreden verschwenden, sondern echte Auseinandersetzung mit dem wirklichen Leben und einem lebenden Künstler. Ich las den Veranstaltungstext, den Nada mir mitgeschickt hatte. Die Hochschule hatte den Künstler aus Buenos Aires einfliegen lassen. Herr Falkenstein hatte seine Werke schon im MoMA in New York ausgestellt.

Nada holte mich zu Hause ab, und wir gingen den Weg zur Kunsthochschule zu Fuss. Sie hielt mir zunächst eine Predigt. Du kannst nicht einfach von Partys verschwinden, ohne mir etwas zu sagen! Das war echt scheisse, mach das nie wieder! Ausserdem hast du noch einen Skandal verpasst. Anastasia und der Poet haben sich vor den Gästen gestritten. Die verpixelten Pornoszenen waren anscheinend von ihnen. Nicht für die Öffentlichkeit gedacht. Es war köstlich!

Ich hatte mehr Publikum erwartet. Etwa dreissig müde aussehende Studenten erschienen für die angekündigte Retrospektive an der Kunsthochschule. Die Tische im kleinen Saal waren hufeisenförmig angeordnet. Es herrschte Seminarstimmung im kühl-grauen Betonraum, das Neonlicht brannte unbarmherzig auf unsere Gesichter. Nada und ich setzten uns ganz vorne hin, da die anderen Plätze bereits besetzt waren.

Bald trudelte Raoul ein. Ein hagerer Mann mit Dreitagebart und Glatze. Um die fünfzig, schätzte ich, das T-Shirt jugendlich ausgeleiert, die Turnschuhe schnittig. Seine feurigen braunen Wieselaugen tasteten jeden Anwesenden kurz ab.

Ein hochgewachsener, ergrauter Dozent mit schwarzem Rollkragenpullover stellte den Künstler vor. Es war unübersehbar, dass er Raouls Kunstwerke bewunderte. Es war ihm eine grosse Ehre. Der rote Faden in Raouls Arbeiten sei definitiv das narrative Element. Die Narration. Er wiederholte den Begriff mit Nachdruck. Raoul nickte und rieb sich kurz an der Nase.

Bedeutungsschwangere Wörter plumpsten aus dem Mund des aufgeregten Dozenten. Einerseits postmodern, aber auch marxistisch disruptiv, oft auch oszillierend auf einer politisch-literarischen Metakommentarebene angesiedelt seien Raouls frühe Werke. Ein wahres Ideenfüllhorn.

Ich beobachtete den Künstler, der neben dem gestikulierenden Dozenten sass. Er schien sich wohl zu fühlen und fläzte sich auf dem Stuhl, als würde er bei sich zu Hause auf dem Sofa lümmeln. Ein Wunder, furzte er nicht auch noch. Mit seinem Zeigefinger versuchte er etwas aus seinen Backenzähnen zu fischen. Es gelang ihm nicht, und der Finger wanderte immer tiefer in seinen Rachen, während der Rollkragenpullover munter weitererzählte.

Wie wir erwartet hatten, bekamen wir eines von Raouls früheren Werken gezeigt. Die Spannung stieg. *Melting Body* war der Titel. Das Narrativ, erklärte Raoul, war das Kernelement, *Gullivers Reisen* dienten ihm als Inspiration. Das Buch habe ihn seit seiner Kindheit begleitet.

Der Film begann. Zitate aus *Gulliver* wurden rezitiert. Zunächst war da nur ein verschwommenes Blau, bald jedoch stellte sich heraus, dass es sich um eine Stofflandschaft handelte. Vielleicht blaue Seide? Das Material schimmerte. Es wurde rausgezoomt, scharf gestellt. Ein Mensch musste unter diesem riesigen blauen Tuch liegen, denn es atmete etwas darunter.

Gulliver-Zitate flackerten über den Bildschirm, eine tiefe Stimme las vor. Von den Yahoos war die Rede, von diesen dreckigen, menschenartigen Wesen, denen Gulliver im Land der Houyhnhnms begegnete.

Dann war da eine rhythmische Bewegung unter der Decke. Man ahnte es schon, der Künstler holte sich einen runter. Bald breitete sich ein dunkler Fleck auf der Decke aus. Schnitt. Dunkelheit.

Plötzlich gleissendes Licht. Da war schon wieder eine Decke. Diesmal gehäkelt, weiss, mit Blumenmuster nach Grossmutterart. Glitzernder Staub, fast golden, schwebte über dem Stoff. Wieder lag ein Mensch darunter. Er wand sich, erneut der Rhythmus. Einem Geysir gleich entlud sich das Künstlersperma durch die Häkeldecke. Ein Durchbruch. Stille. Dann eine Möwe, die irgendwo weit draussen kreischte. Weiss.

Ein weiteres Zitat aus *Gulliver* folgte. Sein Ekel über die Yahoos, die überall hinschissen – *while I held the odious Vermin in my Hands, it voided its filthy Excrements of a yellow liquid Substance, all over my Cloaths.* Die projizierte Schrift begann zu flackern: *The Yahoos appear to be the most unteachable of all Animals … They are strong and hardy, but of a cowardly Spirit.* Der Bildschirm verdunkelte, weit weg war ein Klopfen zu hören, *now I could no longer deny, that I was a real Yahoo, in every Limb and Feature,* rezitierte der Vorleser feierlich, während das Zitat langsam weiss auf schwarz auf dem Bildschirm erschien. Es klopfte rhythmisch und dumpf, wurde immer lauter. Haut auf Holz, vermutete ich. Der Raum erhellte sich, Licht wie im Operationssaal. Der Künstler schlug mit seinem Penis auf einen Tisch ein. Die Kamera bewegte sich auf das malträtierte Fleischstück zu, zoomte weiter rein, immer weiter und weiter, bis nur noch Hautzellen sichtbar waren. Schwarz. Schnitt. Ende.

Die Diskussionsrunde wurde eröffnet. Wie hast du die Decken ausgewählt? Die sind ja ziemlich speziell. Eine bebrillte Fragerin zückte ihren Kugelschreiber.

Die gehörten meiner Exfrau, ich hatte keine anderen. Der Künstler lachte, steckte wieder einen Finger in den Mundwinkel und kaute darauf herum.

Wie lange haben die Dreharbeiten gedauert?

Etwa ein halbes Jahr. Das Licht war uns sehr wichtig. Wir konnten nur im Morgenlicht drehen. Morgenlicht – das ist Hoffnung, Sehnsucht, das gibt dem Werk Kraft.

Der Dozent räusperte sich. Besonders dieses Blau der ersten Decke – es erinnert ans Meer, an monumentale Narrative –, ich denke da an Odysseus. Genau genommen ist *Gulliver* ja eine Fortsetzung dieses Mythos, ja – da sind so viele Gemeinsamkeiten. Dieser Topos des Mannes auf dem Meer, des männlichen Körpers im Verhältnis zur Welt. Es ist dieses Austasten, das Erspüren von Dimensionen, von Potential, von Versagensängsten, Ekel, Grössenwahn, alles zusammen. Dein Werk geht disruptiv mit diesen Fragen um – du wirst sozusagen zum postmodernen

Poseidon. Und dann diese Fruchtbarkeitsgeste, das Sperma. Dein Werk hat etwas unglaublich Mythisches, und die Verknüpfung mit der Schrift symbolisiert auch die Vielschichtigkeit deines Narrativs. Die Normen der jeweiligen Inselgesellschaften in *Gullivers Reisen,* Normen sind Decken, Decken aus verschiedenen Geweben, verschiedenen Mustern. Es tut sich hier ein reiches Mosaik an Deutungsmustern auf, du öffnest Räume, stellst uns Fragen, zum Individuum, zur Schuld, zum Körper und zu seinem Verhältnis zur Gesellschaft, ja sogar zum Untergang des Phallus!

Das Publikum klopfte am Ende der Veranstaltung frenetisch auf die Tische.

Er hat auch echt gute Sachen gemacht. Nada lachte laut, als wir den Raum verliessen. Seine Installation über Zuchthunde war genial!

Ich hatte keine Lust, über Raoul zu reden. Ich sah ihn noch deutlich vor mir, mit seinem Finger im Mund.

Als wir uns auf den Heimweg machten, erzählte Nada wieder von Vinz. Er stelle bald seine Bilder aus, bei Ezoko, einer extrem angesagten Galerie. Wenn man es bis dorthin schafft, dann hat man einen Namen. Er hat mich gebeten, ihm zu helfen. Er ist unglaublich gestresst, der Druck ist enorm.

Ich packte sie am Arm. Du hast doch selbst ein Projekt!

Ja, schon, aber bei mir geht es nicht vorwärts. Dauernd kommt etwas dazwischen. Sie wand sich aus meinem Griff.

Ja, Vinz kommt dazwischen.

Ist doch wohl meine Entscheidung, was mir dazwischenkommt. Ich brauche einfach mehr Zeit, das ist mir alles zu viel im Moment. Und musst du mir immer die Stimmung versauen, Halina?

Aber diesem Vinz helfen, das kannst du? Einem Arschloch, das dich nicht respektiert?

Nada schaute hinauf in den Himmel, wo ein Schwarm Mauersegler vorbeizog.

Es tut mir leid, sagte ich, obwohl ich es nicht meinte. Der Scheisstyp stiehlt dir deine Lebenszeit und steht dir im Weg. Das solltest du wissen.

Nadas Augen waren rot und wässrig geworden. Ich weiss es ja. Ich weiss es! Ich komme trotzdem nicht von ihm los. Wenn er vor mir steht – du kannst dir das gar nicht vorstellen. Wenn der vor mir steht und mich ansieht, wenn wir zusammen schlafen. Dann ist einfach alles perfekt.

Aha, er hat einen grossen Pimmel, ist es das?

Ja. Und musst du Pimmel sagen? Das klingt lächerlich und verklemmt.

Oh, danke, Nada. Es ist aber auch lächerlich, wegen einem Pimmel mit einem Typen zusammenzubleiben, der deine Arbeit nicht würdigt und dich für seine Karriere auch noch ausnützen will. Das bist doch nicht du! Oder doch? Ich habe dir meine Meinung gesagt, mehr kann ich nicht tun.

Nada kickte einen Kieselstein vom Trottoir. Ich bin doch nicht komplett bescheuert! Ich werde ihn schon verlassen. Und zwar bald. Das Ganze ist nicht so einfach, wie du denkst! Sie schnäuzte sich die Nase.

Zu Hause boxte ich einmal gegen die Wand. Meine Hand schmerzte danach schön. Ich steckte der Voodoopuppe eine Nadel in den Kopf. Für Raoul. Dann eine Nadel zwischen die Beine. Für Vinz.

Ich sehnte mich nach Belanglosem. Ein Tee und ein harmloser Dokumentarfilm würden mich beruhigen. Ich entschied mich für eine Sendung über Schweizer Auswanderer, die auf anderen Kontinenten ihr Glück suchten.

Die abenteuerlustige Familie Hüggli – Vater, Mutter, ein Bub und ein Mädchen – wurde portraitiert. Die Eltern kauften sich in Australien vier Maultiere. Ihr Plan: mit den Tieren und ihren zwei Kindern quer durchs Land ziehen. Hunderttausend Franken hätten sie dafür »investiert«. Eine crazy Idee, das wisse er schon. Markus, der stolze Familienvater, blinzelte mit grossen Augen in die Kamera. Man lebe eben nur einmal, und sie seien nun mal untypische Schweizer, keine Nullachtfünfzehn-Spiesser, die den ganzen Tag im Büro arbeiteten und bausparen und so und dann am Ende ihres erbärmlichen Lebens feststellen müssten, dass sie nie ihren Träumen gefolgt waren. Nein, sie seien anders, sie nähmen jeden Tag so, wie er komme. Eine ganz besondere Familie. Ich liess mich etwas von seiner Lebensweisheit einlullen. Sollten sie doch, die Hügglis. Sollten sie ihre verdammten Träume verwirklichen.

So kauften sich Hügglis vier Maultiere und zogen los, nachdem sie die Viecher mit der Hilfe hartgesottener, von der Sonne zerfurchter Australier dressiert hatten. Eine Weile ging die Reise gut – doch dann stolperte eines der Tiere und brach sich ein Bein. Mitten in der Wüste. Da könne man halt nichts machen, schluchzte Ehefrau Heike in die Kamera. Die Tränen hinterliessen helle Streifen auf ihrem gebräunten Gesicht. Sie wischte sich mit dem Handrücken über ein Auge. Sie hätten es leider erschiessen müssen, das Maultier.

Später sassen sie alle zusammen am Lagerfeuer, kleine Flämmchen loderten in ihren Augen. Über ihnen der klare, sternenfunkelnde Wüstenhimmel. So etwas könne man eben nicht mit Geld bezahlen, sagte Markus. Das seien Erinnerungen für das ganze Leben. Das würden die Kinder in ihren Herzen auf ihrem Lebensweg mitnehmen. Und überhaupt, die Kinder könnten hier ihre Phantasie ausleben. Die spielen einfach mit einem Stock und einem leeren Eimer, die kleben nicht an einem blöden Smartphone.

Da sieht man, wie wenig es braucht. Markus Hüggli streichelte seinen verwegenen Ziegenbart und schielte nach seiner Frau Heike. Diese blickte abwesend in die andere Richtung. In die weite, dunkle Wüste.

Ich legte mich schlafen und dachte noch eine Weile über Raoul, Vinz und Markus nach. Ich stellte mir vor, wie ich jedem der Reihe nach mit voller Wucht in die selbstzufriedene Fresse schlug. Dann schlief ich ein.

12

Montag. Ich hatte wieder Spätschicht. Maria geisterte mit bleichem Gesicht im Laden herum. Sie wirkte noch kraftloser und abwesender als sonst. Als wir allein waren, erzählte sie mir, dass sie eine Abtreibung hinter sich habe. Sie sei am Morgen im Spital gewesen und noch etwas schwach. Aber nicht krank, betonte sie. Ist nicht so schlimm, wie du meinst. Ich habe Schmerztabletten genommen, das reicht. Sie lachte müde über mein erschrockenes Gesicht.

Ich fragte sie, ob sie nicht früher nach Hause gehen wolle. Sie wollte nicht.

Dann erzählte sie mir die ganze Geschichte. Ihr Exfreund wisse nicht, dass sie abgetrieben habe. Sie seien seit einem Monat getrennt. Und sie habe jetzt eine Freundin. Die wisse auch von nichts. Alles viel zu kompliziert.

Maria schaute mit glasigem Blick an mir vorbei, wie sie es oft zu tun pflegte, und lächelte wieder matt. Ich lebe seit Wochen in einer Telenovela! Ich werde bald nach Südfrankreich ausreisen, ich habe genug von der Schweiz. Meine Grosseltern haben ein Weingut bei Perpignan. Kennst du die Gegend? Ich werde es übernehmen. Ich habe schon als Kind dort mitgeholfen, ich kenne jeden Handgriff.

Maria schaute mich an, und ich verstand sofort. Jetzt wusste ich auch, wohin sie die ganze Zeit gestarrt hatte.

Wie bist du überhaupt hier im Kiosk gelandet?

Ich weiss auch nicht genau. Maria runzelte die Stirn und setzte sich auf einen Hocker. Ich habe lange in der Pflege gearbeitet, in Chur, wo ich herkomme. Dann musste mein Freund beruflich nach Zürich, und ich folgte ihm brav, wie man das so tut. Ich habe mich einfach auf irgendwelche Jobs beworben. Hier haben sie mich genommen … Dann lernte ich Mona kennen. In einem Motivationskurs. In solchen Kursen landet man, wenn man am Boden ist. Seit ich dort war, weiss ich aber genau, was ich will. In Südfrankreich Wein anbauen und mit Mona zusammen sein. Ich glaube, ich erzähle dir das, weil ich es sonst niemandem erzählen darf. Behalt es bitte für dich.

Ich nickte. Selbstverständlich. Ich zog die gelben Gummihandschuhe an und tauchte den Putzlumpen in den Eimer mit dem heissen Seifenwasser.

Auf dem Heimweg liess mich Maria und ihr Weingut nicht mehr los. Trotz ihrer momentan beschissenen Lage beschwingte mich ihre Geschichte. Sie machte mir Mut. Perpignan. Ich sah mir auf dem Smartphone Bilder der Gegend an. Zedern, Hügel, Steinhäuser, Meer. Im muffigen Zug sitzend, spürte ich einen kleinen Fernwehstich.

Maria hatte Entscheidungen gefällt, sie hatte gehandelt. Das gefiel mir. Ich sollte das auch tun.

In dieser Stimmung schrieb ich Elias eine SMS. *Hast du dieses Wochenende was vor?*

Fünf Minuten später kam die Antwort: *Nein. Aber wenn du magst, kann ich etwas für uns kochen, Samstag um acht? Goldregenweg 143.*

Zu Hause setzte ich mich sofort an den Computer und gab Elias' Adresse ein. Nur zwölf Minuten würde die Reise dauern. Eine dicke blaue Linie schlängelte sich über den Stadtplan auf dem Bildschirm. Ich studierte die Route zwischen uns, zoomte rein und wieder raus. Sein Quartier von oben. Blassgraue Vierecke, dazwischen Versicherungen und eine katholische Kirche. Eine Strasse weiter lag das Krematorium Nordheim. Ich kannte das Quartier nicht. Ich zoomte wieder raus. Das blaue Band war immer noch da. Zwölf Minuten Fahrtzeit – mit Bus oder Tram.

Ich wechselte zu Street View und fand mich neben einer Baustelle wieder. Einer der herumstehenden Bauarbeiter rauchte, sein Gesicht verschwommen, sein behaarter Bauch hing über die Hose. Zwei andere schaufelten, auch ihre Köpfe verpixelt. Das Licht war winterlich, ein nasser Baum stand im Hintergrund, die Äste glänzten. Ich schaute offenbar in die falsche Richtung. Ich drehte mich um hundertachtzig Grad und blickte auf die andere Strassenseite.

Mein Herz klopfte, als würde ich etwas Verbotenes tun, als würde ich Elias nachspionieren.

Ich sprang zwanzig Meter vor in der virtuellen Landschaft. Verschwommene Streifen rauschten an mir vorbei. Endlich Nummer 143. Ein hölzernes Gartentor, dahinter ein hellbraunes Einfamilienhaus. Sympathisch übersichtlich, zwei Stockwerke. Etwa hundertfünfzig Jahre alt, schätzte ich. Altbau, gemütlich.

Dort würde ich in fünf Tagen stehen und die Klingel drücken. Ich versuchte, näher ans Haus heranzuzoomen, doch es funktionierte nicht, ich prallte jedes Mal ab und wurde wieder auf die Strassenseite mit den Bauarbeitern geworfen. Ich studierte das Gartentor, das blaue Nummernschild, den Rechen, der an der Hauswand lehnte, den traurigen Topf vor der Tür, aus dem eine verwelkte Pflanze hing.

13

Am Samstag kämpfte ich mit meinem Haar. Es war elektrisch aufgeladen und nicht zu zähmen. Ich wusch es ein zweites Mal und dachte dabei an die endlosen Haardiskussionen zwischen meiner Mutter und ihrer brasilianischen Nachbarin. Meine Mutter hatte eine Zeitlang jeden Tag Lockenwickler benützt, weil sie ihr gerades Haar hässlich und langweilig fand. Die brasilianische Nachbarin hasste ihr Kraushaar und verriet meiner Mutter beim Kaffee, dass sie es sogar schon mit dem Bügeleisen zu glätten versucht hatte.

Die Geschichte hatte mich schon damals deprimiert. Was lief mit unseren Müttern? Warum war alles, was man ohne Anstrengung von der Natur erhalten hatte, grundsätzlich falsch? Wie viel Geld wohl jeden Tag weltweit draufging, um gegen Haar anzukämpfen? Milliarden.

Das alles ging mir durch den Kopf, als ich mein Haar wieder trockenföhnte. Diesmal liess es sich bändigen.

Nach der zwölfminütigen Busfahrt schritt ich durch das bereits bekannte Gartentor. Der Topf mit der vertrockneten Pflanze stand nicht mehr vor dem Haus.

Elias öffnete sofort die Tür, als ich klingelte. Wir begrüssten uns wie gewohnt.

Schöne Gegend, sehr ruhig.

Ja, mir gefällt es auch, die Miete ist nur ziemlich teuer.

Ach, es ist doch überall teuer. Sind deine Mitbewohner auch hier?

Nein, die sind in den Ferien.

Nach unserem kurzen Gespräch verabschiedete ich mich sofort aufs Klo, sass einige Minuten dort und versuchte mich zu beruhigen. Vor dem Spiegel begutachtete ich mein Gesicht und wischte etwas Lippenstift weg. Zu viel. Zu rot. Zu unnatürlich. Meine Nase berührte den Spiegel – ich erschrak. Ich sah nur noch Poren. Die Haut in meinem Gesicht wie alter Teig. Eingefallen, fahl. Vielleicht war es nur das Licht. Mein Haar schien erneut elektrisiert zu sein. An einer Stelle stand es jetzt widerspenstig vom Kopf ab. Ich versuchte, es mit Wasser zu bändigen. Ich betrachtete mich nochmals von weitem. Geht schon irgendwie.

Elias zeigte mir zwei Weinflaschen, die er gekauft hatte. Ich konnte mir auf die Etiketten keinen Reim machen. Er erzählte mir zu beiden eine kleine Geschichte, die ich gleich wieder vergass. Die Küche roch bereits nach mediterranen Zutaten. Er bereitete einen Fisch zu, eine griechische Spezialität, wie er erklärte. Er kochte langsam und ungeschickt. Dafür hätte ich ihn auf der Stelle umarmen können.

Da ich nicht helfen durfte, sass ich am Küchentisch und kippte ein Glas nach dem anderen. Ich hörte seinen Erzählungen zu und war angespannt bis in die Zehenspitzen. Der Fisch brutzelte mit Pinienkernen vor sich hin. Zwei Stunden später assen wir.

Elias erzählte mir von seinen Ferien in Griechenland. Er war die letzten vier Tage mit einem Freund dort gewesen, davon hatte ich nicht einmal gewusst. Eine spontane Entscheidung, betonte er bereits zum zweiten Mal. Er liebe spontane Entscheidungen. Er beschrieb mir Sehenswürdigkeiten in Thessaloniki.

Ich ass, hörte zu und nickte begeistert. Während er die verschiedenen Kulturstätten im Detail schilderte, musste ich an diesen dicken, öden Griechenland-Bildband zurückdenken, den ich als Kind oft durchgeblättert hatte. Ich roch den modrigen Duft des alten Buches, sah die zerbröckelten Säulen, Statuen, Amphitheater in Schwarzweiss, die Fussnoten in kursiver Schrift und die römischen Zahlen, mit denen ich damals nichts anfangen konnte. Ich gähnte und entschuldigte mich sofort.

Elias hörte nicht mehr auf zu erzählen. Er habe am zweiten Tag seines Aufenthalts einen üblen Streit mit einem Taxifahrer gehabt, der so eskalierte, dass er auch seinen Freund anschrie, da dieser nichts gegen den angeblich korrupten, geldgierigen Typen unternehmen wollte. Die Freundschaft habe darunter gelitten. Er habe es satt, immer die Verantwortung für andere zu übernehmen, er habe es überhaupt satt, immer andere Leute führen zu müssen.

Ich nickte verständnisvoll und schaute ihm in die Augen. »Führen«, ich dachte über dieses gebieterische Verb nach. Wie unsympathisch es klang. Ich war mir nun sicher, dass ich mich mit Elias auch streiten könnte. Seine Stimme klang manchmal priesterlich und belehrend. Ein bisschen messianisch sogar. Eigentlich waren mir solche Stimmen zuwider. Doch bei Elias war noch etwas anderes im Spiel. In meiner Phantasie brachte ich Priester Elias vom rechten Weg ab. Wir würden uns anschreien, er würde moralisieren – ich würde absichtlich die Besessene, den Teufel spielen, der Reihe nach Teller auf dem Boden zerschmettern, hysterisch weinen und schreien, nur um gleich danach über ihn herzufallen. Er würde es lieben, denn hinter seiner frommen, verstockten Fassade steckte die pure Leidenschaft. Ich musste diese befreien. Etwa so.

Inzwischen war ein Gewitter aufgekommen. Unser zweites. Ich zuckte zusammen, als der erste Blitz die Küche erleuchtete. Wie verrückte Paparazzi tanzten die elektrischen Lichter vor dem Fenster. Die Hitze des Tages, die sich in der Küche gestaut hatte, fühlte sich wohlig an, kühlere Luft von draussen wehte sanft über unsere Köpfe. Der Regen prasselte herrlich. Die zweite Flasche hatten wir schon längst aufgemacht.

Nachdem mir Elias ungewöhnlich lange in die Augen geschaut hatte, schlug er vor, auf den Balkon rauchen zu gehen.

Wir standen also dort, auf diesem überdachten Balkon, rauchten und widmeten unsere volle Aufmerksamkeit dem Garten. Ausser Gras und einer ordentlichen Hecke rundherum war dort nichts. Der Regen strömte nun stossweise, als wollte er uns etwas sagen. In der Ferne donnerte es immer wieder.

Geht es?

Wegen dem Gewitter? Ja, es geht. Ich zog schnell an meiner Zigarette und schaute nach oben.

Zu mehr Unterhaltung waren wir nicht mehr imstande. Und weil die erste Zigarette schnell fertiggeraucht war, beschlossen wir, noch eine zweite zu rauchen. Zum Glück war da der Regen. Die Stille zwischen uns war unerträglich geworden.

Ich zwang mich schliesslich dazu, etwas über den Garten zu sagen. Schön, so ein Garten in der Stadt. Im Sommer und so.

Auch die zweite Zigarette war fertiggeraucht.

Elias stand da, mit den Händen in den Hosentaschen, und schaute auf den Boden. Ich folgte seinem Blick, räusperte mich, dann schauten wir wieder Richtung Garten. Ohne Vorwarnung wandte er sich mir zu und küsste mich. Unsere Zähne schlugen heftig aufeinander. Die nächste Stunde standen wir auf dem Balkon – umschlungen wie zwei Wahnsinnige – und küssten uns, bis unsere Lippen fast wund waren. Dazwischen hielten wir inne und lachten, als wären wir unversehrt von einem Krieg heimgekehrt.

Wahrscheinlich hatte ich in meinem Leben noch nie so wenig gedacht wie in dieser Stunde. Aber auch dies dachte ich schon dort. Und die Tatsache, dass mit Elias' Atem etwas nicht stimmte, fiel mir auch sofort auf. Da war eine undefinierbare, subtile Fäulnis, die nichts mit dem Essen oder den Zigaretten zu tun hatte. Etwas Prähistorisches. Was, wenn es immer da sein wird? Ich dachte wohl doch ziemlich viel, während wir uns küssten, vor allem fragte ich mich, wie ich diese unsympathisch seichten Gedanken vergessen könnte. Das war schliesslich einer dieser magischen Momente. Noch dazu bei Regen und Sturm. Nur oberflächliche Menschen denken da an Mundgeruch. Vielleicht bildete ich es mir auch nur ein, weil ich keine Schönheit und kein Glück in mein Leben lassen konnte? Etwas Ähnliches hatte ich in einem Ratgeber gelesen.

Als wir uns nach langer Zeit voneinander lösten – ein paar Zentimeter –, bat mich Elias, über Nacht bei ihm zu bleiben. Ich wollte nicht. Ich muss nach Hause. Tut mir leid. Ich muss das alles verarbeiten, was hier passiert ist, fügte ich verlegen an. Ordnung im Kopf schaffen. Bin etwas durcheinander. Ich stellte mich an, als wäre ich direkt einem Jane-Austen-Roman entsprungen, als müsste ich wieder ins elterliche Anwesen zurückkehren, wo man sich bereits sorgte und draussen mit Fackeln nach mir suchte. In Wahrheit hatte ich Lust, allein zu sein und auszuschlafen.

Ich bestellte ein Taxi, und wir überbrückten die Zeit mit Schweigen. Reden konnten wir nicht mehr. Wir hatten uns debil geküsst. Wir lächelten uns zum Abschied verschwörerisch zu und umarmten uns. Bis bald!

Meine Gedanken schwebten, die Synapsen flirrten und explodierten wie kleine betrunkene Feuerwerke, als ich im Taxi sass. Gleichzeitig die absurde Erleichterung, endlich allein zu sein. Was war bloss los mit mir? Hatte ich mir nicht schon tausendmal vorgestellt, wie es sein würde, mich danach gesehnt? Und nun freute ich mich nur noch, nach Hause fahren zu können.

Ich studierte die nächtliche Stadt und erfreute mich an den öden, immer gleichen Häusersilhouetten, am warmen orange Schein der Strassenlampen, an den taumelnden Figuren in der Finsternis. Ein paar Teenager grölten laut und hielten sich aneinander fest. Der Bass ihres Ghettoblasters drang bis ins Auto.

Ich musste Elias nicht mehr sehen, dachte ich plötzlich. Ich musste gar nichts. Doch wie konnte ich so etwas denken, nachdem passiert war, was ich mir erträumt hatte? Ich schob es auf den Alkohol und lehnte mich zurück. Morgen bist du wieder normal. Bestimmt.

14

Ich hatte kaum geschlafen. Der Morgen war zäh, mein Kopf schmerzte, dann durchfluteten mich unerwartet Glücksgefühle, als ich Elias' Gesicht wieder klar vor mir sah, nur um kurz danach von giftigen Zweifeln abgelöst zu werden. Dass ich ihn wiedersehen würde, war klar. Doch wie würde es weitergehen?

Der prähistorische Geruch kam mir wieder in den Sinn. Ich musste ihn mir eingebildet haben. Oder kam er von mir? Nach dem Frühstück putzte ich dreimal die Zähne und schrubbte meine Zunge mit Zahnpasta, bis ich würgen musste.

Ich dachte an den Kuss. Der perfekte Moment, der perfekte Beginn. Woher kamen plötzlich diese Gewissensbisse? Was genau hatte ich getan? Was hatte ich nicht getan? Es musste der Kater sein, der mich in diesen elenden Sumpf zog.

Ich kontrollierte mein Gesicht im Spiegel und entdeckte ein längeres schwarzes Haar an der Wange. Ich zupfte das Ding aus. Toll, wahrscheinlich hatte es den ganzen Sommer über wie eine Antenne im Gegenlicht geleuchtet.

Ich versuchte mir im Spiegel zuzulächeln. Das Gefühl, jetzt glücklich sein zu müssen, bedrückte mich jedoch.

Mein verwirrter Zustand führte mich zu meiner vernachlässigten Semesterarbeit. Meine Wirklichkeit vergessen. Es war eine Wohltat, ins Jahr 1903 zurückzureisen. Ich beneidete den Gouverneur um seine Biographie. Er hatte es wenigstens fertiggebracht, sein Leben ein bisschen zu ordnen, zumindest für seine kurze Zeit in Kischinjow. Und er hatte sich für Menschen eingesetzt, ein sinnvolles Leben gelebt. Gouverneur Urussow trank auch nur in Massen, wie er versicherte, war trotzdem gesellig und redete viel mit den Bessarabern und »seinen« Juden, wie er schrieb.

Nach einer Recherche über Gouverneure und ihr Verhältnis zum Zaren, über Autobiographien im Zarenreich, über den Bescheidenheitstopos, über den Antisemitismus in Bessarabien hatte ich tatsächlich fünf Seiten geschrieben.

Inzwischen war es dunkel geworden. Zehn Stunden waren verflogen, und ich hatte nur einen Tee getrunken. Ich fragte mich, woher diese plötzliche Besessenheit gekommen war. Es musste das schlechte Gewissen sein.

Später stürzte ich mich auf mein Nachtessen und schaute einen Dokumentarfilm über Psychiatrieinsassen in der englischen Anstalt Bedlam. Der Algorithmus hatte mir diesen vorgeschlagen; ich war froh, mich nicht entscheiden zu müssen. Während ich Nudeln verschlang, weinte ich mit den Patienten.

Ein hübscher junger Mann wurde portraitiert. Tim. Hochgewachsen, gewelltes braunes Haar. Er glich Elias. Er könne das Haus nicht mehr verlassen, weil er Angst habe, in die Hosen zu machen. Er sitze stundenlang auf dem Klo und könne nicht weg. Die Vorstellung, öffentlich in die Hose zu scheissen, sei für ihn zum Horrorszenario herangewachsen. Er lachte kurz über sich, dann fiel sein Gesicht wieder in sich zusammen. Alles in seinem Leben drehe sich nur noch darum. Sein Schauspielstudium habe er abgebrochen, seine Beziehung aufgegeben, Freunde seien keine mehr da. Ja, er verbringe die meiste Zeit seines Lebens auf dem Klo. Die Therapeutin übte mit ihm, die Toilette zu verlassen. Du schaffst das!, rief sie ihm durch die Tür zu. Gestern hast du schon Fortschritte gemacht, weisst du noch? Fünfzehn Minuten! Tims Jammern aus dem Klo war zu hören. Was für ein beschissenes Leben ich habe – und du hast den beschissensten Job. Es tut mir wirklich leid.

Ich schaltete den Computer aus und blickte Richtung Bett, zum staubigen Buch meines Grossvaters. Ich würde es heute wieder nicht aufschlagen. Zu viel für heute.
Mein Handy summte. Elias. *Morgen Abend was vor?*

Nein, habe nichts vor, schrieb ich zurück, *kommst du am Abend zu mir? 20 Uhr? Ich koche was.*

Er sagte zu.

15

Frau Speer stand vor dem Laden, als ich zur Frühschicht antrat. Diesmal ganz in Weiss. Auf ihrer Bluse prangte der Schriftzug *Manhattan* in glitzernden Pailletten. Ihre Fingernägel waren diesmal perlmuttfarben. Ich werde euch heute Morgen ein bisschen begleiten, flötete sie. Es gibt so einiges, was ich euch zeigen möchte.

Rami war auch da, sie begrüsste mich energisch und erkundigte sich nach meinem Wohlergehen. Alles klar. Danke. Sie nickte etwas ungläubig und berührte mich kurz am Arm. Wir holten unsere Kassen. Ich stellte mich hinter den Tresen und erledigte alle anfallenden Arbeiten. Geld zählen, Zeitungen auspacken, Zeitungen auslegen, Hefte auspacken, Hefte auslegen, Staub wischen, Ware auffüllen, Dinge desinfizieren, Hefte zurechtrücken, Bücher zurechtrücken.

Ich sah, dass Frau Speer und Rami vor der Bürotür diskutierten. Ich konnte der Diskussion jedoch nicht folgen, da ich Kunden bedienen musste. Rami redete lauter als sonst. Es klang wütend. Sie kehrte Frau Speer schliesslich den Rücken und schritt zornig aus dem Laden. Ich bin in der Pause, schnaubte sie beim Vorbeigehen.

Frau Speer stemmte ihre feisten Arme in die Seiten. Leider waren keine Kunden mehr im Laden, und ich sah aus den Augenwinkeln, dass sie auf mich zusteuerte.

Keine Ahnung, was Frau Natarajan mir erzählt hat, irgendetwas von einem Lavabo. Ich verstehe nicht, was sie mir sagen wollte. Sie spricht wirklich schlecht Deutsch. Das ist nicht gut für den Verkauf. Lavabo? Sie blickte mich kumpelhaft von der Seite an und erwartete, dass ich ihr beipflichtete.

Es ist kaputt, sagte ich.

Was ist kaputt?

Eben. Das Lavabo.

Lavabo? Was ist das? Sie schmatzte unzufrieden mit ihrem Karpfenmund, als sei der Begriff eine Zumutung.

Ein Waschbecken ist das. Es hat einen Sprung, entgegnete ich. Und doch, ich verstehe Rami. Bisher hat sie hier jeder verstanden.

Frau Speers Gesichtsausdruck verdüsterte sich. Sie hatte keine Verbündete in mir gefunden. Lavabo? Wir kennen diesen Ausdruck im Schwarzwald nicht.

Ich drehte mich um und füllte Zigaretten auf, als hätte ich sie nicht gehört.

Rami kam nach einer halben Stunde wieder zurück und hatte den Abgang von Frau Speer verpasst. Sie kochte immer noch vor Wut. Ich versicherte ihr, dass das Lavabo repariert werde. Und Frau Speer, so erfand ich dazu, werde sich für ihre Respektlosigkeit schämen, ganz sicher.

In der Mittagspause setzte ich mich mit Sandwich und Lesestoff auf eine stählerne Bank im oberen Stockwerk, wo es ruhig war. Die Aussicht bestand aus dem grauen Klotz des benachbarten Terminals, wo Bissig wahrscheinlich in diesem Moment im Keller sass und seufzte. Links hinter dem Gebäude war eine Grünfläche zu erahnen, dahinter eine leere Piste.

Ich hatte Aufsätze zur Autobiographie mitgenommen und begann sie zu überfliegen. Ein Historiker plädierte für die Autobiographieforschung. Autobiographien seien nicht bloss Projekte egozentrischer Narzissten, nein, kein Seelenstriptease, wie viele behaupteten, sondern Akte sozialer Kommunikation, selbstgewählte Machträume, wo Chaotisches geordnet, wo Kohärenz hergestellt werde. Er sah in Autobiographen Superhelden, so schien mir, denn sie überwänden Raum und Zeit, kontrollierten die Überlieferung und gewännen so gewissermassen Macht über ihr Leben. »Identitätsproduzenten« nannte er sie zum Schluss.

Immer dieses Identitätsgeschwätz, hörte ich eine Studienkollegin nörgeln. Sie hatte während eines Seminars einen Dozenten damit genervt; das »ä« in »Identität« hatte sie absichtlich in die Länge gezogen. Dieser Begriff hat null Inhalt, und alle hier werfen damit um sich. Sie fiel dem Dozenten ins Wort, als er sie belehren wollte. Ein Instrument für Manipulatoren, sonst nichts. Ein Konstrukt der Elite, das

Verantwortungslosigkeit und Stagnation befördere. Nicht einmal Länder hätten wirklich Identitäten. Eine einzige Fata Morgana, diese neue Religion der Identität. Was es wirklich gebe, sei die Tat. Der Dozent hatte zerknirscht gelächelt und gemeint, sie solle doch ein Seminar zum Thema bei der Studienleitung vorschlagen. Obwohl mir die Frau damals auch auf die Nerven ging, hatte ich ihre Worte nicht vergessen. Ganz unrecht hatte sie nicht. Am Wort »Identität« haftete etwas Ranziges.

Rückeroberung von Macht durch Autobiographie klang überzeugender, fast sportlich. Ich dachte an Gouverneur Urussow und seine kläglichen Versuche, etwas gegen die Antisemiten in Kischinjow auszurichten. Im letzten Teil seines Werks beschrieb er die Prozesse gegen die Pogromführer. Seine Bitte, die Verhandlungen öffentlich zu machen, war ihm verwehrt worden. Für einen Gouverneur eine Demütigung. Er durfte immerhin während des Gerichtsverfahrens hinter den Richtern sitzen und beschrieb es danach detailliert. Die Pogromführer erhielten lächerliche Strafen, die Gewaltopfer keine Entschädigungen. Urussow machte sich zum Vermittler eines historischen Moments. Er schrieb gegen seine Machtlosigkeit an, notierte und kommentierte die Aussagen von Tätern und Zeugen und veröffentlichte sie. Und seine Rückeroberung der Macht gehörte nun irgendwie auch mir.

Der nächste Artikel wollte die Autobiographie als Performance sehen. Die meisten Autobiographen, so meinte die Autorin, wüssten ganz genau, dass sie sich in ihrem Werk selbst inszenierten, in ausgelesenen Kostümen und vor ausgesuchtem Publikum auftraten. Sie kam zum selben Schluss wie ihr Kollege: Es ging um Rückgewinnung von Autonomie.

Eine Tomatenscheibe flutschte aus dem Sandwich direkt auf die Seiten und hinterliess einen Fettfleck. Ich schaute auf die Uhr. Ich hatte die Pause überzogen. Wie im Fiebertaumel stand ich auf und rannte die Rolltreppe hinunter.

Niemand hatte meine Verspätung bemerkt.

Den Rest des Nachmittags ordnete ich Bücher ein. Ich stapelte, begradigte, ich arrangierte und staubte ab. Ich las den Klappentext der Autobiographie von Farah Diba-Pahlavi: *Ausserordentlich eindrucksvoll ist die Schilderung der Flucht der Familie 1979 vor dem Blutrausch der islamischen Revolution.* Bisher hatte ich mit Autobiographien nicht viel anfangen können. Sie erschienen mir wie diese mittelalterlichen Landkarten, wo der dunkle Oceanus irgendwo am Rand in den Abgrund floss. Kuratierte Selbstdarstellung, welche die wahren Abgründe ausliess. Fiktion dagegen: rund und ehrlich, ein reines Luftschloss. Ich legte das Buch zur Seite. Vielleicht würde ich es später kaufen.

Keine der Autobiographien, die ich abstaubte, schien ohne Schicksalsschläge auszukommen. Die Autoren berichteten von politischen Umwälzungen, Krieg, Flucht, Revolution, Sekten. Ein Bergsteiger schnippelte sich den Arm ab, weil dieser sich in einer Felsspalte verklemmt hatte.

Ich überlegte, wie die Autobiographie einer irrelevanten Schweizer Vorstadtexistenz beginnen könnte: *In der Nähschule hatten wir im November 1991 aus dem Radio erfahren, dass Freddie Mercury gestorben war. Wir waren aufgeregt und sehr traurig, denn wir verstanden es nicht. Nachdenklich strickten wir weiter an unseren Hexen mit zylinderförmigen Röcken, die man über WC-Rollen stülpte, damit die Vorratsrolle auf dem Spülkasten nicht so vulgär aussah. Ein hübsches Muttertagsgeschenk.* So würde diese Autobiographie beginnen.

Meine Augen tränten, und ich hustete, als ich zu Hause ein extrascharfes Thaicurry für Elias und mich kochte. Ich überlegte, ob ich noch eine Prise des mexikanischen Voodoopulvers hinzufügen sollte, entschied mich jedoch in letzter Minute dagegen. Man weiss ja nie.

Pünktlich um acht stand Elias vor der Tür.

Die Zeit der förmlichen Begrüssungen war vorbei. Er drückte mich im Gang an die Wand und küsste mich. Das war sie nun, die Leidenschaft. Ich riss ihm sein T-Shirt über den Kopf, er biss mir in den Hals. Sein Atem roch diesmal nach nichts. Wieso schlich sich in diesem Moment wieder Agent Cooper in meine Gedanken? Er schien mir von weitem zuzuzwinkern.

Ich schaffte es gerade noch, den Herd abzustellen.

Die nächsten zwei Stunden verbrachten wir im Bett. Ich liess die Augen gleich geschlossen. Agent Cooper flackerte immer wieder auf. Wir schwitzten und klatschten aufeinander wie gefangene Fische im Netz, das Bett war komplett durchnässt. Ich muss das heute noch waschen, ging es mir durch den Kopf, während wir unserem Orgasmus entgegenkeuchten. Elias war ein routinierter Liebhaber. Keine Berührung schien zufällig, keine Bewegung nicht schon einmal durchgeführt. Die hellgrüne Schreibmaschine im Estrich kam mir wieder in den Sinn. Wieso ausgerechnet jetzt?

Wir lagen erschöpft nebeneinander, und ich blickte erleichtert an die Decke. Dieser Riss dort wird immer länger, flüsterte ich, als ich wieder Atem geschöpft hatte.

Elias streichelte meinen Kopf. Nicht zärtlich, sondern lehrerhaft. Rück mal zur Seite, mein Schatz, sagte er, als er aufs Klo musste, und tätschelte dabei meinen Hintern.

Wir schafften es schliesslich, das Bett zu verlassen. Ausgehungert und zerzaust sassen wir uns in der

Küche gegenüber und fühlten uns einzigartig wild und lebendig, weil wir ein bisschen länger Sex gehabt hatten als das Schweizer Durchschnittspaar.

Ich ass gierig und beobachtete seine schönen Hände. Er war perfekt. Ich müsste einfach weniger denken, mehr geniessen, toleranter sein. Ist doch nett, wenn jemand »mein Schatz« sagt. Einfach so. Mach dich mal locker. Mach dich verdammt noch mal locker.

16

Am nächsten Morgen war Elias voller Tatendrang. Um acht Uhr setzte er Kaffee auf und sang mit aufgesetzt britischem Akzent laut einen Pulp-Song. Ich strengte mich an, so zu tun, als fände ich das nicht peinlich. Er unterbrach seinen Gesang und fragte, ob ich Lust hätte, mit ihm ins Matineekino zu gehen, es liefen Kurzfilme über die Achtundsechzigerbewegung. In einer Stunde, gleich um die Ecke. Du hast ja Spätschicht, Halina, das würde doch passen, sagte er in einer seltsam aggressiven Tonlage.

Klar, klingt interessant. Ich gähnte.

Wieso hatte er meinen Namen auf diese Art ausgesprochen? Als hätte ich etwas ausgefressen. Ich hatte nicht die geringste Lust auf Kino. Doch ich wollte ihn in seiner Euphorie nicht enttäuschen. Es würde mir guttun, redete ich mir ein, ich war noch nie an einer Frühvorstellung gewesen. Mal etwas Neues ausprobieren. Nicht immer auf ausgetrampelten Wegen gehen, rief ich mir in Gedanken zu. Man muss sich manchmal zum Glück zwingen! Nur wer sich ändert, kann Erfolg haben! Ich ging duschen und spürte alle Floskeln aus sämtlichen Motivationsreden aus dem Duschkopf auf mich einprasseln. Endlich hat mich jemand aus meinem Tiefschlaf geweckt. Spontan etwas unternehmen! Offen sein! Zusammen Kultur erleben!

Im Kino war es gemütlich weich auf den roten Sesseln. Es roch nach ungewaschenem Haar. Die jungen Rebellen in den Kurzfilmen demonstrierten, musizierten, tanzten, nahmen Drogen, verzerrten ihre Gesichter, zeigten ihre Genitalien. Im Augenwinkel sah ich Elias' Profil. Sein Mund stand offen, er atmete laut.

Die Hippies tanzten in ihren indischen Kleidern herum, rutschten auf den Knien in der Bhagwan-Sekte. Mädchen stolperten auf LSD durch einen Park und verteilten Kuchen, während ihre bärtigen Gorillamännchen Flyer mit anarchistischen Parolen unter die braven Bürger brachten. Sie gingen mir alle auf die Nerven mit ihrem verpeilten Blick.

Doch waren sie mir in diesem Moment immer noch sympathischer als Elias. Ich betrachtete sein Profil noch einmal. Er trug einen beigen Rollkragenpullover, der enge Kragen schmiegte sich an seinen bebenden Adamsapfel. Gestern hatte er keinen Rollkragenpullover getragen. Woher hatte er diesen? Hatte er ihn extra mitgenommen?

Ob die Hippies sich jemals erträumt hätten, dass ihre Kinder in einer Matinee sitzen würden, im Rollkragenpullover, um sie wie Anthropologen zu studieren? Unsere Eltern. Naive Träumer, die irgendwie doch zu einer anständigen Rente gekommen waren. Die sogar einen Haufen Aktien besassen. Die jetzt in Kunstschulen unterrichteten, in der Vermögensverwaltung Oligarchen berieten und sich auf das Wochenende in der Toskana freuten. Und wir noch viel schlimmer. Harte Drogen zu nehmen, trauten wir uns nicht, Chaos oder Revolution anzustiften erst recht nicht. Wir kochten lieber scharfes Thaicurry und tranken ein bisschen zu viel Wein, aber gerade so viel, dass es nicht zum Alkoholismus reichte.

Die Vorstellung war endlich vorbei. Wir standen vor dem Kino, die Sonne blendete uns.

Ich gab mich gestresst. Muss zur Arbeit, sorry, muss zum Bahnhof.

Was machst du am Wochenende? Elias hielt mich an beiden Händen fest.

Ich muss zu einer Freundin in die Innerschweiz, ich besuche sie einmal im Jahr.

Ich kann ja mitkommen! Elias hielt meine Hände immer noch.

Ja, wieso eigentlich nicht? Ich melde mich! Ich gab ihm einen Kuss auf die Wange und lief schneller von ihm weg, als nötig war. Am Bahnhof wartete ich zwanzig Minuten auf meinen Zug.

17

In den nächsten Tagen hatte ich wieder Frühschicht. Bis zum Wochenende war die Semesterarbeit fast fertig. Ich hatte Urussows erschriebene Machträume auf allen Ebenen durchanalysiert. Ein bisschen habe er sich durch das Leid einer Volksgruppe profiliert, hielt ich fest. Vor allem aber habe er Neues kreiert, habe sich den Stereotypen der imperialen Autobiographie nur anfangs unterworfen, um sich dann davon zu emanzipieren. Urussow sei ein Risiko eingegangen, habe sich von der Heldenautobiographie entfernt, habe den Mut gehabt, sein Scheitern zu ordnen, es sichtbar zu machen. Er habe seiner Machtlosigkeit Raum gegeben und sie so überwunden. Manche Sätze waren etwas zu andächtig geraten, ich würde sie beim letzten Durchgang noch abändern müssen.

18

Er liebe es, im Zug Zeitung zu lesen, sagte Elias, als wir in Richtung Innerschweiz unterwegs waren. Er versteckte sich hinter der dicken Samstagsausgabe von *Le Monde.* Etwas beleidigt blickte ich auf den Zürichsee, der wie ein flüssiger Edelstein in der Sonne leuchtete. Ich hatte Monika im Voraus geschrieben, dass sie keine Fragen zum Beziehungsstatus stellen solle, ich wisse es nämlich selber nicht. *Kein Problem, freue mich auf euch,* schrieb sie zurück. Dieses Abendessen machte mich nervös.

Ich kramte mein Handy hervor, fotografierte den See und las dann eine Reportage über illegale Kehrichtverbrennungen in Polen. Die Mafia raube Europa unbemerkt die Luft. Sollte ich Elias davon berichten? Ich beschloss zu schweigen. Dann schickte ich Rico den Link. *Krass! Dieser Reporter hat echt Eier,* schrieb er sofort zurück. *Hast du denn keine?,* erwiderte ich. *Bitch,* antwortete er, mit Smiley.

Ich dachte an Monika und stellte zum wiederholten Mal fest, dass uns nichts mehr verband. Trotzdem hielt sie an unseren Treffen fest und meldete sich einmal im Jahr. Als Teenager hatte uns die Liebe zum Film zusammengeschweisst. Wir hatten alles konsumiert, was die Stadtbibliothek hergab: britische, französische, russische, kubanische, usbekische

Streifen. Am liebsten waren uns exzentrische Gestalten, Verlierer, Misanthropen, Gequälte. Protagonisten, die sich einen Dreck um Konventionen scherten und vor Leidenschaft ausbrannten. Und jetzt also das traditionelle Abendessen. Mit Tischdeko.

Unser Verhältnis war verkrampft geworden. Auf dem Weg zu ihr hatte ich mich in den letzten Jahren vorbereitet wie vor einem Bewerbungsgespräch. Ich war zu einer Art städtischem Unterhaltungsclown mutiert, versorgte Monika mit bizarren Geschichten aus meinem Leben und aus den noch abgründigeren Leben anderer. Ich war zu feige, diese Freundschaft zu kündigen. Ich wusste nicht, wie das ging.

Monika und Alexander waren seit fünf Jahren verheiratet. Seitdem hatte ich Monika nicht mehr so lachen gesehen wie früher. Anfangs erlaubte sie mir noch kleine Einblicke in ihr Gefühlsleben. Ihr Mann nehme sie nicht ernst, sei kalt, abwesend, herrisch, hatte sie mir einmal erzählt. Irgendwann jedoch, nachdem auch das zweite Kind da war, erwähnte sie die Beziehung nicht mehr. Ihren Beruf als Landschaftsarchitektin hatte sie aufgegeben, weil sie sich voll den Kindern widmen wollte, Alexander hatte sich derweil zum Staranwalt hochgearbeitet.

Was, wenn Elias die beiden hassen würde? Sie waren obszön reich. Ich hatte Elias mehrmals verächtlich über »Bonzen« reden gehört. Bonzen, Investoren, Neoliberale, Finanzelite. Alexander hatte sich im Vorjahr eine Stereoanlage für eine halbe Million Franken gekauft. Ich hoffte, er würde das nicht wieder erwähnen.

Als wir vor der Haustür standen, begrüsste uns Monika geistesabwesend. Ein Kind zerrte an ihrem Rock. Sie seien stundenlang am Basteln gewesen und hätten die Zeit vergessen. Monika zeigte ihre geröteten Finger und die dreckigen Fingernägel. Unfall mit dem Heissleim. Unglaublich, was man nicht alles für die Kleinen macht! Sie wirkte aufgekratzt, als sie Elias die Hand gab. Die Frage, wann es endlich bei mir so weit wäre, sparte sie sich diesmal.

Unsere Weingläser umklammernd, sassen wir zu dritt in der hellen Küche mit dem harmonisch kontrastierenden schwarzen Holzboden. Ich fühlte mich schmutzig, mein Weinglas war schon voller Fingerabdrücke. Ein düster illustriertes Plakat einer Brecht-Aufführung hing eingerahmt über dem Esstisch – *Der gute Mensch von Sezuan.*

Als wir die beeindruckende Aussicht kommentierten, hallten unsere Stimmen wie in einer gotischen Kirche. Alles lichtdurchflutet und dezent. Sogar das hölzerne Kinderspielzeug lag diskret am Boden und hinterliess ein Statement für qualitativ hochwertiges Wohnen.

Monika stellte Apérohäppchen auf den Tisch. Alexander muss noch arbeiten, er kommt später. Sie verzog den Mund. Irgendein korrupter Unternehmer, ein heisser Fall.

Elias und ich nickten und starrten immer noch wie gebannt aus dem Minergiefenster. Draussen plätscherte ein einsamer Infinity-Pool. Er drohte in den Zugersee hineinzuschwappen.

Das sei aber eine lustige Idee, im Flughafenkiosk zu arbeiten. Monika blickte an mir vorbei und rief ihrer Tochter mit monotoner Stimme zu, sie solle ihren Bruder nicht an den Haaren ziehen. Und was willst du mit diesem Studium anfangen? Was genau war es noch mal? Machst du dir keine Sorgen um die Zukunft?

Ich holte noch Luft, als Elias schon für mich antwortete. Ich glaube, Halina macht das ganz gut, heute kann man doch auch später studieren. Viele meiner Kommilitonen sind sogar schon gegen vierzig.

Monika nickte verständnisvoll. Ja, klar. Auch ich würde gerne noch etwas anderes machen. Aber irgendwann ist eben fertig. Und die Kinder sind ja auch noch da.

Ihre Aussage deprimierte mich. Was genau ist fertig? Hast du schon einmal über eine Nanny nachgedacht?

Monika schüttelte empört den Kopf. Das geht auf keinen Fall. Ich traue keiner Dahergelaufenen. Man hört ja so einiges. Das kann man eben nicht verstehen, wenn man keine Kinder hat.

Wir sind doch alle Dahergelaufene, entgegnete ich, mehr fiel mir spontan nicht ein. Ich erzählte etwas von der Biennale, um nicht über ihre Aussage nachdenken zu müssen.

Als wir schon etwas beschwipst waren und Monika die Kinder zu Bett gebracht hatte, kam Alexander nach Hause. Er begrüsste seine Frau mit einem heftigen Kuss auf den Mund. Sie lehnte sich zurück – leicht angeekelt, dünkte mich. Die Szene erinnerte mich an irgendeinen Hitchcock. Etwas Bedrohliches lauerte in seinen Bewegungen.

Ich half Monika in der Küche, um nicht mit Alexander am Tisch sitzen zu müssen. Seine Anwesenheit hatte die Spannung im Raum merklich erhöht. Sein sandelholziges Aftershave stach mir in die Nase. Elias räusperte sich laut und klang dabei wie ein altes Pferd. Ein Geräusch, das er bisher noch nie von sich gegeben hatte.

Als Alexander erfahren hatte, dass Elias Archäologe war, fragte er ihn über die Grabungen auf Sardinien aus, um dann sogleich selbst die brandaktuellen Themen der Forschung durchzugehen. Er zählte zehn verschiedene Funde auf und wusste Details, die Elias sichtlich erstaunten. Zum Schuljungen geschrumpft, kommentierte er Alexanders Ausführungen und antwortete mit samtener Stimme auf alle Fragen.

Monika servierte den Zander. Frisch aus dem Zugersee, bemerkte sie feierlich.

Toll, vielen Dank, Monika. Alexander umfasste kurz die Taille seiner Frau und küsste ihren Bauch, bevor sie sich setzte.

War sie schwanger? Wohl kaum. Sie würde niemals trinken.

Alexander war im Gespräch immer einen Schritt voraus. Egal was ich sagte, er hatte dazu eine Anekdote auf Lager und liess mich meine Sätze nicht fertigformulieren. Er war nicht nur Fachmann der Jurisprudenz, sondern schien auch in Film- und Literaturwissenschaft, ach was, sogar in Biologie und Astrophysik promoviert zu haben. Es war ein angestrengtes Hin- und Herwerfen von Wikipedia-Wissen.

Elias konzentrierte sich auf den Zander, und Monika bediente uns.

Alexander war nicht mehr aufzuhalten. Bald referierte er auch über die grossen Philosophen. Habermas, Derrida, wo die ganze Bande falschlag und so weiter. Als Monika einmal etwas sagte, beendete er auch ihre Gedanken. Sie schaute ihn voller Bewunderung an. Er war eindeutig ihr Guru.

Irgendwann fragte uns Alexander, ob wir diese kontroverse dänische Science-Fiction-Serie kannten, die kürzlich angelaufen war. Ich hatte sie verpasst. Elias kannte sie nicht, denn er sah sich aus Prinzip keine Serien an. Eine Art Dystopie, erklärte Alexander, stellt euch das Jahr 2050 vor. Das männliche Geschlecht existiert offiziell nicht mehr. Wer über fünfundzwanzig ist und seinen Penis noch nicht amputiert hat, wird ausgegrenzt und geächtet, wohnt in Slums. Frauen, Dragqueens, Hermaphroditen und sonstige Mischwesen regieren. Die Familie als solche existiert nicht mehr, Kinder werden in Kommunen aufgezogen und wissen nicht, wer die Mutter ist. Der Samen der Männer wird in einem staatlichen Labor verwaltet. Also ich fand's genial! Genau darauf läuft es doch hinaus mit dieser Genderzwängerei.

Wozu genau wirst du gezwungen, Alexander?, fragte ich.

Er ging nicht darauf ein und setzte seinen Vortrag fort. Ach, komm, alles, was normal ist, wird heute stigmatisiert. Wir als Familie sind doch schon die Freaks von morgen. Und das Gelaber vom »weissen Cis-Mann«: als wäre er ein Virus.

Elias kicherte anerkennend.

Ich trennte in Zeitlupe ein Stückchen Zander von einer Gräte. Ja, Alexander, es muss schlimm sein für dich, wie du täglich stigmatisiert wirst. Auch Klienten hast du ja praktisch keine mehr, weil du ein weisser Mann bist und alle befürchten, von dir angesteckt zu werden. Mein Mitleid ist riesig, mir kommen bald die Tränen, buhuuu … Ich war extra zu weit gegangen, um Monika aus der Deckung zu locken. Welche

Seite würde sie einnehmen? War da noch irgendetwas? Eine Emotion? War sie auf Ketamin? Es kam nichts. Sie blickte auf das bunte Blumenarrangement auf dem Tisch und zupfte an einem welken Blatt.

Alexander kniff seine wässrig-grauen Augen zusammen und rückte seine Brille mit dem Zeigefinger zurecht. Sein Adamsapfel hüpfte kurz auf, dann fasste er sich wieder. Ach, Halina, wir waren politisch noch nie auf derselben Bühne. Und diese Moralkeule wieder. Das ist genau, was ich meine. Euer einziges Ziel ist doch, dass wir uns unwohl fühlen und vollkommen unsicher werden.

Ich schluckte. Welche Moralkeule? Unwohl? Nein, *unser* wahres Ziel ist natürlich die totale Vernichtung *eurer* Männlichkeit.

Jetzt mach mal halblang, easy! Elias streichelte meine Schulter. Du weisst doch genau, was Alexander meint, diese ewige Hysterie mit den tausend verschiedenen Geschlechtern und dann dieses ewige Gemecker von Benachteiligung, dieses »Wer jetzt wen am Bein angefasst und falsch angeschaut hat« bringt uns als Gesellschaft doch auch nicht weiter. Es gibt Hungersnöte und Kriege, wir haben es wirklich gut hier.

Ach, jetzt bin ich also hysterisch, weil ich seine absurden Kastrationsängste nicht teile? Ich knallte meine Gabel auf den Teller. Es wurde still.

Monika kratzte an einem unsichtbaren Fleck auf der Glasplatte.

Du machst *uns* ja zu Monstern. Wechseln wir das Thema, sagte Alexander und schenkte sich Wein nach. Hör mal zu, im Alltag bin ich nämlich derjenige, der sich für gleiche Rechte einsetzt. Und das sieht dann wieder niemand! Ich habe mich extra für eine schwarze Frau eingesetzt, als ein Posten bei uns frei wurde.

Du hast eine Auszeichnung verdient! Ich versuchte es in einem versöhnlichen Ton. Es misslang. Elias' Hand lag immer noch auf meiner Schulter und streichelte mechanisch. Ich hätte sie am liebsten weggeschlagen.

Wir Männer sind wohl immer der Lupus in Fabula. Elias gluckste zufrieden, als er sein Lateinersprüchlein aufgesagt hatte.

Ich zog eine kleine Gräte aus meinem Mund. Welche Fabula?

Er zog die Hand weg.

Alexander stöhnte laut. Ach, Halina, unsere Zeiten sind so freudlos geworden. Prüderie, wohin man schaut! Ich wusste gar nicht, dass du auch zu diesen humorlosen Emanzen gehörst.

Monika stand auf und räumte die Teller weg. Es gibt jetzt Dessert, okay? Vielleicht finden wir noch ein weniger heikles Thema.

Sie hatte es tatsächlich geschafft, darüber kein einziges Wort zu verlieren.

Das Dessert, eine französische Apfeltarte, wirkte dann tatsächlich etwas beruhigend. Elias fragte, ob sie einen Architekten für ihr Haus engagiert oder ob sie es fertig gekauft hätten.

Natürlich haben wir einen Architekten beauftragt, Alexander mokierte sich über die Frage. Sieh dich doch mal um in diesem Land, so will doch niemand wohnen! Nur seelenloser Mist. Vorgefertigte Schuhschachteln, Verschandelung der Landschaft. Wir haben einen Bündner Jungarchitekten engagiert. Der hat dieses Kongresszentrum in Gryon erbaut. Ein wunderschöner Bau, der sich fast in der Umgebung auflöst – als wären Götter am Werk gewesen. Glas, Beton, grüner Cipollino-Marmor, ein Meisterwerk.

Hat das was mit Cipollata zu tun?, fragte ich.

Nein, hat es nicht, antwortete Alexander genervt. Er wandte seine Aufmerksamkeit wieder ganz Elias zu.

Ich beobachtete, wie dieser sich von Alexander immer mehr einwickeln liess. Seine feurigen Reden über neureiche Angeber, opportunistische Neoliberale und gentrifizierende Investoren waren Schnee von gestern. Jetzt war er erwachsen und redete über Cipollino-Marmor, über Ästhetik und das rechte Mass. Elias zog alle Register seines Wissens und begann über die Architektur der Antike zu referieren, wo der Cipollino auch eine grosse Rolle gespielt habe. Alexander nickte anerkennend.

Monika und ich wurden ignoriert. Wir suchten verzweifelt nach Themen. Schliesslich unterhielten wir uns über eine Bekannte, die nach Neuseeland ausgewandert war. Zum Glück war es bald Zeit, nach Hause zu gehen.

19

Nada war schlecht drauf, als sie am nächsten Abend zu mir kam. Sie sei Zeugin einer schrecklichen Szene geworden, kündigte sie mit grossen Gesten an. Ich so unschuldig auf dem Weg zum Atelier. Gehe dem Trottoir entlang und sehe von weitem einen Haufen Weinbergschnecken am Boden. Ich guck mir das Ganze genauer an und sehe, dass die Viecher im Kreis an etwas fressen. Weisst du, woran? Die knabberten an einer anderen Weinbergschnecke! Es war so übel! Die Gedärme quollen nur so raus, und die frassen alle davon. Ich musste fast kotzen. Ich meine, Weinbergschnecken, Halina! Diese unschuldigen Tiere mit ihren Häuschen und Fühlerchen, die sonst Salatblätter fressen! Wenn man so was sieht, verliert man den Glauben an alles. Verdammte Scheisswelt, die solche Kreaturen erschafft. Ich stimmte ihr zu und konnte mich vor Lachen kaum erholen.

Wir tranken einen Glückstee. Auf die Schnecken. Auf die Menschen. Prost! Nada fand es nicht lustig.

Ich habe mich von Vinz getrennt, sie schluckte einmal laut, bevor sie zu erzählen begann. Es ist ausgeartet. Ich habe entdeckt, dass er Hunderte Schachteln Tabletten hortet, und ihn zur Rede gestellt. Er gab zu, dass er Probleme hat. Ich weiss nicht mehr genau, was. Borderline, glaube ich. Depressionen? Etwas mit Endorphinen? Aber da waren verschiedene Psychopharmaka und Schlafmittel, hab's ja mit eigenen Augen gesehen, das ganze Spektrum, sicher mehr, als ein einziger Arzt verschreiben kann. Das Beste kam dann aber noch! Als ich ihm mitteilte, dass ich keine Zeit hätte, bei seiner Ausstellung zu helfen, weil ich mich auf mein Projekt konzentrieren müsse, hat er mir gesagt, dass ich es sowieso nie zu etwas bringen würde, da ich talentfrei sei. Ich beendete unsere Affäre genau dort, nach diesem Satz. Dann kam was ganz Neues: Telefonterror. Er nannte mich zuerst Schlampe und kündigte dann etwa beim zehnten Anruf seinen Selbstmord an. Etwa beim Hundertsten verdächtigte er mich, ihn vergiften zu wollen! Nada verbarg ihr Gesicht in den Händen und lachte schluchzend. Stell dir das vor! Ich bin auf einen echten Psychopathen reingefallen! Es ist befreiend, sagte sie, ich bin fast ein bisschen froh, dass er seine schlimmste Seite gezeigt hat. Da ist jetzt gar nichts mehr in mir – nur noch Abscheu. Und ich habe herausgefunden, dass ich böse bin. Nach seinem letzten Anruf habe ich mir gewünscht, er würde wirklich aus dem Fenster springen. Dann wäre endlich Ruhe. So viel zur Liebe. Bitte sag das niemandem. Und sag jetzt nicht, dass du mich gewarnt hast!

Ich sagte es nicht und gratulierte ihr zur wiedererlangten Freiheit. Wir stiessen auf die Zukunft an. Auf unsere Gesundheit, komme, was wolle. Nada wischte sich die letzten Tränen ab.

20

Am nächsten Tag hatte ich Frühschicht mit Bernd. Er hatte sich vom Nervenzusammenbruch früher erholt, als wir alle gedacht hatten.

Doch, doch, mir geht es ordentlich. Ich hatte eine Art Kurzschluss, aber das ist jetzt vorbei, ich gehe wieder zur Therapie und lasse alles langsamer angehen. Achtsamkeit! Du weisst schon. Bernd verzog den Mund. Er bedankte sich wiederholt für meine Nachfrage und rückte seine Brille zurecht.

Wir machten uns über die Klatschmagazine lustig, die wir zusammen auspackten. Betrug, Diät (Kohlsuppe), Reisen, Diät (Intervallfasten), Magersucht, Cellulite (zu bekämpfen mit pflanzlichen Heilmitteln), Diät, Alkoholismus, Scheidung, Kuchenrezept *(Gönnen Sie sich was),* Yoga *(So finden Sie Ruhe im hektischen Alltag).* Eine Schlagersängerin mit frecher Kurzhaarfrisur war angeblich auf einen Eheschwindler reingefallen. *Sie ist am Ende!,* stand auf dem Cover. Der schmierige Gigolo hatte ihr sogar die Porzellanelefantensammlung gestohlen. Ein Foto auf der Titelseite zeigte sie im Dirndl an der Reling einer kleinen Jacht lehnend, die Arme ausgestreckt in der Kate-Winslet-Titanic-Pose, während der nun Angeklagte sie von hinten festhielt und auf die Wange küsste. Über seinen Augen klebte ein schwarzer Balken.

Bernd verzog sich bald ins Büro und tippte Zahlen in seine Rechenmaschine. Ich kam mit den Kunden ganz gut zurecht, ausnahmsweise gab es keine Drängeleien, keine blöden Fragen, keine Unhöflichkeiten.

Es war Mitte August, und die Ferienplage hatte sich gelegt, auf den Büchern lagen auch keine angebissenen Sandwiches mehr.

Ich stand verträumt an der Kasse und sinnierte über mein seltsames Leben, als ich von weitem einen alten Mann auf mich zukommen sah. Er war dürr, hinkte leicht, wirkte verängstigt und hielt sich mit einer Hand die Brust. Ich hoffte noch, dass er abbiegen würde, doch da stand er schon vor mir.

Bitte, Fräulein, rufen Sie einen Arzt, mir geht es nicht gut, keuchte er. Er nahm seine sportliche Altherrenkappe ab und wischte sich mit seiner schwächlichen, sehnigen Hand die Schweissperlen von der Stirn. Seine Finger zitterten.

Ich holte ihm einen Stuhl, einen Becher Wasser und befahl ihm, sich zu setzen.

Er sah verzweifelt zu mir auf. Er wisse nicht genau, was es sei, aber es gehe ihm hundsmiserabel.

Ich drückte ihm den Becher in die Hand und merkte, dass ich auch schon zu zittern begonnen hatte. Ich schaue, was ich tun kann, aber bitte trinken Sie etwas. Es könnte auch Dehydration sein.

Ich rief beim Ärztezentrum an. Die Dame am anderen Ende der Leitung reagierte gereizt. Kann er gehen?, fragte sie gelangweilt.

Ja, aber es geht ihm wirklich nicht gut. Können Sie nicht jemanden vorbeischicken? Wir sind im Flughafen.

Also wenn er es bis zu Ihnen geschafft hat, dann kann er auch zu uns kommen, schnauzte sie mich an. Es ist nicht weit, Sie wissen doch, wo wir sind.

Mein Anruf schien eine einzige Frechheit zu sein. Ich japste hilflos in den Hörer. Sie hatte aufgehängt.

Solange Sie stehen können, müssen Sie leider selber zum Arzt gehen.

Der Alte blickte auf den Boden. Fräulein, begleiten Sie mich, bitte.

So schritten wir beide in Zeitlupe, einen Fuss vor den anderen setzend, durch das Gewimmel moderner Menschen. Das dürre Männlein hielt sich an meinem Arm fest. Geht es? Bald sind wir da. Ich versuchte, ihn etwas zu unterhalten, ihn zu beruhigen, doch ich war wohl nur ein schwacher Anker. Alle zwanzig Meter hielten wir an, und er holte Luft.

Ob er einen Herzinfarkt hatte? Wahrscheinlich nicht. Konnte man dann noch gehen? Keine Ahnung. Obwohl, ich hatte schon von solchen Fällen gehört. Einen Schlaganfall schloss ich aus, dann würde er nicht klar sprechen können. Ich tippte auf eine Panikattacke. Sollte ich ihn fragen? Nein. Es könnte ihm unangenehm sein. Seine Generation war ohne solche Begriffe ausgekommen. Und überhaupt: Was ging es mich an? Vielleicht haderte er einfach mit seiner Existenz. Wer tut das nicht?

Wie er so neben mir herging, fast einen Kopf kleiner und ins Leere starrend, wurde er mir immer sympathischer. Ich betrachtete seine imposante Nase.

Wir glichen einer kleinen Zeitkapsel. Wie ein seltsames Konglomerat aus Schmerz und Verzweiflung krochen wir an den kühlen Designerläden vorbei, an gigantischen Schweizer Taschenmessern, an grossflächigen, von Wasserfällen umplätscherten Uhrenwerbungen, an Imbissständen und Rolltreppen, an der Pappfigur eines Tennisspielers. Unter uns glänzten glatte schwarze Granitplatten, ein Chromstahlband an den Wänden verlieh dem unendlich lang wirkenden Gang eine futuristische Note.

Ich fürchtete, der Mann könnte neben mir sterben. Seine Finger klammerten sich filigran an meinem Arm fest, als sei er mehr Spatz als Mensch. Ich wollte nicht, dass er sich alleine fühlte mit seiner Angst. Was auch immer der Grund dafür war. Ich betete, dass er das spürte.

Im Lift zum Ärztezentrum atmete ich auf. Wir sind schon da, jetzt wird alles gut, sagte ich etwas gequält.

Am Empfang sass die dumme Nuss vom Telefon. Ich erkannte ihre hohe Stimme sofort. Ohne jedes

Mitgefühl begann sie mit meinem alten Mann eindringlich laut und debil zu sprechen und ihn über seine Personalien auszufragen.

Ich merkte, dass ich ihn nicht verlassen wollte. Ihn einfach abzugeben kam mir falsch vor. Doch was hätte ich tun sollen? Ich verabschiedete mich und wünschte ihm gute Besserung. Der alte Mann bedankte sich leise, blickte an mir vorbei, und schon stand ich alleine im Lift. Es war falsch gewesen, ihn einfach dort zu lassen.

Auf dem Rückweg heulte ich ein bisschen. Für alle Menschen. Auch für die dumme Nuss. Der Wasserfall rauschte wieder an mir vorbei, der schwarze Granitboden verschwamm vor meinen Augen, von der Decke rieselte ein Song der Beach Boys. *Good vibrations.* Ich blinzelte und schaute geradeaus, dorthin, wo das Neonlicht ins Sonnenlicht überging, und irgendwie heilte mich der idiotische Song. Mein Herz machte einen Sprung, doch ich blieb ruhig. Eine einzige Extrasystole. Am linken Arm spürte ich immer noch den leichten Druck der Finger.

21

Elias rief mich am nächsten Tag an und schlug vor, einen Spaziergang im Wald zu machen. Klar, gerne! Es war noch nichts verloren. Ich war atemlos wie gewohnt, als ich seine tiefe Stimme hörte. Doch, ich hatte ihn vermisst. Sein Gesicht, seine Hände, seine Stimme. Ich schlug den Wald hinter dem Zoo vor.

Während wir im Tram den Zürichberg hinauffuhren, blätterten wir beide in einer Zeitung und schwiegen. Ich las einen Bericht über einen Exmanager aus der Pharmaindustrie. Er sass jetzt im Gefängnis und hatte soeben seine Memoiren veröffentlicht. In seinem Buch erklärte er, wieso er seine Frau missbraucht und das Unternehmen um zweihundert Millionen betrogen hatte. Ich empörte mich etwas. Schau mal, dieses Arschloch, jetzt macht er noch Geld damit! Ich hielt Elias den Artikel hin.

Doch Elias schien der Inhalt nicht zu interessieren. Er schaute sich blitzschnell um und zischte leise. Psssst! Er legte seinen Zeigefinger auf den Mund. Wir sind nicht alleine, flüsterte er.

Ich war ihm unangenehm. Er war mit einer lauten, fluchenden Proletin unterwegs. Ich blickte ihn ungläubig an und prustete los. Also bitte! Ich versuchte seine Geste sofort zu vergessen.

Er lächelte mir schwach zu und vertiefte sich wieder in seine Zeitung.

Als das Tram in die Endstation einfuhr, tätschelte er meinen Oberschenkel, als wäre ich eine lahme Kuh in seiner Herde. Komm, wir müssen raus!

Ich strich schnell über die Stelle, die er berührt hatte.

Wir stiegen aus, ich atmete die Landluft ein und vergass meinen Unmut sofort wieder. Es gibt keinen Grund zu zicken, Halina, flüsterte ich mir zu, du machst das alles freiwillig. Du kannst auch gehen, du könntest sofort zurück in deine Höhle.

Hinter dem Zoo bogen wir in einen Waldweg ein und gingen lange schweigsam nebeneinanderher. Äste knackten unter unseren Schuhen, ich liebte das Geräusch.

Dann, nach etwa einem Kilometer schweigsamen Gehens, meldete sich ein vergessenes Gefühl. Die Art von Langeweile, die man als Kind bei erzwungenen Besuchen empfindet. Ein unendlicher Nachmittag bei fünf Canasta spielenden Freundinnen meiner Grossmutter kam mir in den Sinn. Wie ein Jahr waren mir die vier Stunden in dieser Wohnung vorgekommen. Als hätte sich die Zeit in dicke Melasse verwandelt, dort auf dem krümelfreien, frisch schamponierten Spannteppich neben der hallenden und bedrohlich tickenden Wanduhr und der Jesus-Ikone, die mich vorwurfsvoll leidend anstarrte. Meine Glieder gelähmt über irgendwelchen Holzklötzchen. Ich dachte also neben Elias an Canasta spielende, nach Tod riechende Damen. Etwas stimmte nicht mit mir.

Als wir schon tief ins Dickicht vorgerückt waren, nuschelte er schliesslich etwas. Ich musste nachfragen, weil ich ihn nicht verstand. Er lese im Moment ein Stück von Balzac, wiederholte er etwas genervt.

Aha, okay. Interessant. Ich riss einer Birke ein Blatt ab und zermalmte es zwischen meinen Fingern. Balzac, nicht schlecht. Ich kotz gleich, wollte ich eigentlich sagen. Komm noch mit Proust und Flaubert, und ich mach dich fertig. Weiss der Teufel wieso, ich focht von nun an einen unsichtbaren Krieg gegen Elias. Meine guten Vorsätze waren verschwunden. Er hätte mir in diesem Moment alles und jeden madiggemacht.

Elias holte aus und erläuterte mir, wieso und auf wie vielen Ebenen Balzacs *Paméla Giraud* so herrlich war. Darauf stolperte ich über eine Wurzel und fiel hin. Elias half mir nicht auf. Oh! Hoppla!, sagte er bloss. Er stand da in seiner braunen Cordhose, die Hände in den Taschen.

Mein linkes Knie war leicht aufgeschürft, und ich schämte mich. Ich war direkt bestraft worden für meine bösen Gedanken.

Geht es? Elias hatte sich plötzlich entschieden, doch noch Mitgefühl zu zeigen.

Wir spazierten weiter. Mit jedem Schritt schien der Wald grimmiger und dunkler zu werden. Es begann leicht zu regnen.

Elias setzte seinen Vortrag fort. Ich lese aus Prinzip keine amerikanischen Bücher, weisst du, das ist mir alles zu weit weg, da habe ich einfach keinen Bezug dazu. Lieber deutsche oder französische Werke, insbesondere Geschichte und Politik.

Ich hüstelte. Aha. Na ja. Muss jeder selber entscheiden. Ich mag gerade Geschichten aus fernen Ländern und auch andere Perspektiven, ich meine ab und zu. Finde ich irgendwie erfrischend. Also manchmal. Meine Stimme krächzte etwas. Gerade neulich habe ich die Kurzgeschichte eines Thai-Amerikaners gelesen. In irgendeiner paradiesischen Lagune in Ko Samui erbricht sich ein Tourist am Strand zu Tode, weil er etwas Falsches gegessen hat, während neben seiner Hütte Yoga- und Sextouristen ihren Morgengruss machen. Fand ich irgendwie frisch, die Perspektive. Ich hatte »erfrischend« und »frisch« gesagt. Mein Vokabular war armselig, aber es war nicht rückgängig zu machen.

Elias schwieg.

Eine Mücke flog direkt in meinen Mund, als ich weitererzählen wollte. Ich würgte und spuckte sie aus.

Elias schwieg weiter.

Aber ja, du hast recht, Balzac muss ich mir auch mal vornehmen. Vielleicht diesen Winter. Ich grinste Elias an und suchte in meinem Gehirn nach weiteren

Themen. Da war aber nichts mehr ausser einem entfernten Grollen. Die nächsten Kilometer schwiegen wir wieder.

Völlig unerwartet fiel mir mein wunderschöner nächtlicher Park mit seinen Trauerweiden und Pfauen ein. Ich lachte versehentlich laut.

Alles in Ordnung? Elias kniff die Augen zusammen.

Alles klar. Ja. Hab nur an etwas Lustiges denken müssen. Hat nichts mit dir zu tun.

Was denn genau?

Ist zu kompliziert, sorry, kann ich dir jetzt nicht erklären.

Es hatte aufgehört zu nieseln, und als wir über Hottingen wieder hinunter in die Stadt gelangten, beschlossen wir, nachzuschauen, was im Kunsthaus lief. *Architektur und Gewalt* stand auf den Plakaten vor dem Museum.

Elias blieb stehen. Sollen wir rein?

Ja. Klar.

Schnell trennten sich unsere Wege in der riesigen Ausstellungshalle, denn Elias stand jeweils gute fünf Minuten vor jedem Werk, während ich wie eine Diebin herumschlich und ihn heimlich von der Seite beobachtete.

Die Hände in den Hosentaschen, las Elias das Schild neben jedem Bild gewissenhaft, als würde er später eine Prüfung schreiben müssen. Er entfernte sich nach näherer Inspektion wieder drei Schritte rückwärts und begutachtete die Fotografie von neuem. Sein Haar erinnerte mich mittlerweile an den Igel Mecki. Wenn er von einem Bild zum nächsten schritt, schob er seine Mitte gebieterisch vor sich her, als gehöre ihm die Stadt – Pimmel voraus.

Wieso wollten sich in mir keine sanften, liebevollen Gedanken mehr formen? Ich wünschte mir, ihn mit den Augen einer Verliebten betrachten zu können. Mein Herz sollte dabei aufblühen. Mit Glücksschmerz und so. Stattdessen hatte ich Lust, ihm ein Bein zu stellen.

Nach dem Museumsbesuch gingen wir einkaufen. Wir wollten gemeinsam kochen, und ich fasste neuen Mut. Wir suchten uns gesunde Lebensmittel zusammen. Vor dem Weinregal streichelte Elias mein Haar. Ich versuchte, ihn entzückt anzuschauen, und widerstand dem Reflex, seine Hand wegzustossen.

Vielleicht hatte ich eine prämenstruelle Depression. Oder sonst eine hormonelle Störung. Alles um mich herum schien sich zu verdüstern. Wie würde ich diesen Abend überleben?

Als ich über die Schwelle seiner Wohnung trat, fühlten sich meine Beine schwer an. Elias drehte sich zu mir um und küsste mich. Es half nicht. Das Glücksgefühl war irgendwo hängengeblieben.

Ich hielt mir erneut eine Motivationsrede. Genau das hast du doch gewollt. Bleib verdammt noch mal locker! Das ist es jetzt, das normale Zusammensein mit einem normalen Menschen. Die sind halt nicht perfekt. So sieht die Realität aus, vergiss deine bescheuerten Phantasien endlich. Jetzt bist du mit Elias zusammen – mit seinen schönen Zähnen. Gebildet, gutaussehend, kunstinteressiert. Ein richtig guter Fang!

Wir kochten also zusammen. Reis, Tofu, Gemüse. Tofu sei eigentlich ökologisch auch ein Schwachsinn, meinte Elias. Dann diskutierten wir über Töpfe und Pfannen, über Teflon und Gusseisen, Stahl und Aluminium, alte Töpfe, neue Töpfe, Bambusdämpfer, über die Uni und seine Doktorarbeit. Elias konnte seinen Doktorvater nicht ausstehen.

Lass dich von dem nicht stressen, sagte ich und zeigte auf eine feine Sorgenfalte auf seiner Stirn. Du kriegst sonst noch mehr von diesen Dingern. Das ist es echt nicht wert.

Mit dieser Bemerkung hatte ich eine Grenze überschritten.

Das tut man nicht, belehrte er mich. Mit dem Finger aufs Gesicht anderer Leute zeigen.

Ich stand da wie vom Blitz getroffen. Elias schmollte mit seiner Sorgenrunzel, briet den Tofu und schwieg. Ich wollte weg. Aber ich hatte Hunger. Also deckte ich leise den Tisch. Ich gehe später. Irgendwie.

Elias erholte sich zwar vom Minidrama, doch meine Worte konnte ich nicht mehr ungesagt machen. Wir hatten also unseren ersten Konflikt gehabt. Eine Eifersuchtsszene wäre mir lieber gewesen. Ich dachte an all die Teller, die ich hätte zerschmettern können.

Da Elias keinen Fernseher hatte, setzten wir uns nach dem Essen auf sein Sofa und versuchten zu reden. Er wollte über Beziehungen reden. Wie sorglos die Menschen heute Beziehungen angehen würden. Alles lief übers Internet. Diese Anonymität, diese Austauschbarkeit. Das war nicht seins.

Für mich ist eine Beziehung vor allem Teamarbeit, sagte er.

Ich nickte.

Er tätschelte mir wieder den Oberschenkel. Ich versuchte, möglichst unauffällig etwas von ihm wegzurutschen.

Ist was? In seinen Augen blitzte sofort wieder Krisenstimmung auf.

Nein, alles in Ordnung. Bin etwas seltsam drauf heute.

Wir redeten weiter. Über seine Zukunft und die Zukunft der Archäologie. Manchmal zischelte Elias'

Stimme. Das war mir bisher nicht aufgefallen. Dann brummte sie wieder dunkel. Er erzählte mir vom Handballklub, wo er immer donnerstags trainierte. Er sei der Einzige, der sich wirklich einsetze, meinte er resigniert. Beim letzten Spiel habe er seine Kollegen anschreien müssen, weil sie den Arsch nicht hochkriegten.

Ich wusste nicht, was ich dazu sagen sollte. Gerade noch hatte er eine Stunde über die Stirnrunzel geschmollt und von Teamarbeit gefaselt, jetzt brüstete er sich damit, ein stahlharter Drillmeister zu sein.

Ich ging aufs Klo, sass sehr lange dort und fasste in Gedanken alles zusammen, was Elias an diesem Tag zu mir gesagt hatte. Könnte es sein, dass er einfach ein Vollpfosten ist? Ich zählte die Fliesen auf dem Boden. Zwanzig und etwa ein Viertel.

Wir gingen schliesslich auf den Balkon, rauchten und beobachteten die gegenüberliegende Wohnung, in der ein anderes Paar kochte. Wir standen dort, wo alles begonnen hatte, und versuchten nicht einmal ansatzweise, uns näherzukommen.

Später lagen wir zusammen im Bett. Ich drehte mich von ihm weg wie ein Klumpen Blei und log, dass ich unendlich müde sei.

Ich versuchte zu schlafen und drückte mein Gesicht tief in das Kissen. Das war ein Fehler. Sein Körpergeruch, der sich über Monate in den Stoff geätzt haben musste, widerte mich dermassen an, dass ich zusammenfuhr. Fast freute es mich, dass Elias es mir so leichtmachte. Lieber hätte ich mich neben die Pompejaner schlafen gelegt.

Das war's also. Ich setzte mich auf den Bettrand und schaute auf die Uhr. Drei. Zu Fuss würde ich es vielleicht in dreissig Minuten nach Hause schaffen. Ich wollte kein Taxi bestellen.

Ich stand auf, suchte meine Kleider und schlich ins Badezimmer. Für mich ist eine Beziehung vor allem Teamarbeit, hatte er auf dem Sofa gesagt, weisst du, wie ein Uhrwerk, bei dem die Rädchen ineinandergreifen. Mich schüttelte es. Ich sehnte mich nach meiner Wohnung, in der nackte Glühbirnen von der Decke hingen. Ohne Team, ohne Uhrwerk. Ich sehnte mich nach meinem Bett, meinem nahe am Abgrund stehenden Bett.

Auf Zehenspitzen eilte ich den Gang entlang und drehte den Schlüssel an der Haustür. Es klimperte laut. Elias erwachte.

Was ist los?

Ich muss nach Hause, sorry, kann schlecht in fremden Betten schlafen. Ist mir im Moment alles zu viel. Emotional zu viel.

Mach doch, was du willst!, rief er.

Weil ich es nie wieder tun würde, küsste ich ihn zum Abschied. Ein Tränenkloss wuchs dabei in meinem Hals heran. Ein Krokodilstränenkloss, aber dennoch ein Kloss. Das war's mit Elias und seinen Zähnen.

Als ich die Haustür hinter mir zuzog, atmete ich auf. Nacht! Liebe Nacht! Es hatte geregnet, die Strassen und Gärten dampften. Ein Gemisch aus Jasminblüten und Erde, Flussfäule, Teer und Staub. Ich sog die Luft tief in meine Lungen.

Schlaftrunken und gleichzeitig aufgedreht wanderte ich durch die Strassen. Jeder Schritt weg von Elias war eine Wohltat. Wie hatte ich so weit abdriften können?

In meiner Nachbarschaft lungerten die bekannten Gestalten an den Hauswänden. Der Sommer hatte sie alle ermüdet. Sie schwankten mit ihren Zigarettenstummeln Richtung Morgendämmerung, murmelten ihre Weisheiten, verschwanden wieder im Schatten. Erstaunlich entspannt waren sie alle. Ich hörte sogar meinen Atem. Regelmässig und stark.

An einem Kiosk kaufte ich mir Zigaretten. Als ich herauskam, blickte ich in den Himmel und meinte eine Sternschnuppe zu sehen. Doch meine Kontaktlinsen sassen schlecht, und eine Wimper reizte mich. Ich blieb stehen und versuchte sie aus meinem Auge zu fischen. Das Neonlicht über dem Kiosk flackerte.

Ein engelsgesichtiger Transvestit beobachtete mich. Er lehnte an der Wand und rauchte. Riesig, dünn, weisse Leggins, leichter Pelzmantel. Stolz und verächtlich blickte er auf mich herunter. Kurz verweilten wir so. Wie zwei misstrauische Katzen. Dann wünschte er mir unversehens eine gute Nacht. Ich meinte, Mitleid in seinen Augen zu sehen. Ich hob die Hand und bedankte mich.

Zu Hause legte ich mich ins Bett. Einschlafen konnte ich nicht. In meinem Kopf drehte sich ein Karussell aus Elias-Anekdoten, Elias-Gesten, Elias-Wörtern. Alles verfestigte sich zu einem Klumpen Ekel. Ich musste das jetzt offiziell beenden. Sofort.

Ich schrieb eine SMS. *Lieber Elias. Ich glaube, wir passen nicht zusammen. Können wir reden? Liebe Grüsse, H.*

Eigentlich gab es gar nichts zu besprechen. Doch ich hatte schon auf Senden gedrückt.

Nicht nötig, antwortete Elias nach einer Minute, *schönes Leben noch.*

Ich schlief ein.

Zwei Stunden später rief mich Elias trotzdem an. Du weisst schon, dass du komplett beziehungsunfähig bist, oder? Lief das bei dir immer so? Gehst du immer so mit Menschen um? Das ist verdammt feige, typisch für all die Frauen in dieser verschissenen Stadt. In der Nacht abhauen und dann per SMS Schluss machen? Einfach nur schäbig!

Mein Herzschlag schoss in die Höhe wie eine Rakete. Wie bitte? Ich kicherte hysterisch. Das heisst, wer nicht mit dir zusammen sein möchte, ist automatisch beziehungsunfähig? Du hast ja eine ziemlich hohe Meinung von dir! Ich wischte mir einen Speichelrest vom Mund und schluckte trocken. Es tut mir leid, Elias, ich bin wohl lieber allein. Wir haben unterschiedliche Interessen. Ich war wohl einfach verknallt in dich. Und … leider ist davon nichts mehr übrig geblieben. Da kann ich doch nichts dafür.

Gut. Weisst du was, vergessen wir's, ist jetzt sowieso egal, fauchte er in die Leitung.

Dann hätten wir das ja geklärt, ich wünsche dir ebenfalls ein schönes Leben. Ich drückte ihn weg und warf das Handy mit voller Wucht aufs Kissen, nicht auf den Boden.

An Schlaf war nicht mehr zu denken. Beziehungsunfähig! Ich setzte Kaffee auf und stach der Voodoopuppe sämtliche Nadeln in den Leib. Ich hätte ihm die ganze Wahrheit sagen müssen. Alles. Er liebe die Wahrheit, das hatte er mir einmal gesagt. Er hasse alle Form von Heuchelei.

Ich hätte ihm sagen sollen, dass seine Altherrengedanken zum Himmel stinken, genauso wie sein Kissen. Und dann die Donaufahrt. Würg. Und wer bitte sehr trug noch Existenzialisten-Rollkragenpullover?

Du Cordhosenpisser, verlogene Priesterfresse! Ich stand auf und fluchte den Herd an. Verdammter schenkeltätschelnder pseudointellektueller Linkschauvinist.

Ich könnte ihm eine Glitzerbombe schicken. Würde sich gut machen auf seinen ökologisch abbaubaren Kleidern. Oder einen Schlägertrupp aufbieten. Wie hoch wohl die Mindestpreise waren?

Ich setzte mich wieder und redete weiter auf den unschuldigen Herd ein. Dieser schien etwas ratlos. Wieso hatte mich Elias' Vorwurf derart in Rage gebracht? Verlor ich den Verstand? Nein, ich hatte ihm aus Nächstenliebe und Harmoniesucht die Wahrheit nicht gesagt. Das war die einzige Erklärung.

22

Am Tag darauf ging ich allein spazieren. Gedanken ordnen. Diesmal wirklich. Ich lief der Limmat entlang und versuchte mir die hechelnden Jogger in ihren aerodynamischen Neonleggins wegzudenken. Eine aggressiv surrende Drohne schwirrte weit über mir. Unter ihr flogen Möwen und Spatzen vorbei. Ich versuchte mir einzubilden, das Geschnatter der Spaziergänger komme von Gänsen. Es funktionierte.

Als ich mich dem Stadtrand und der Kläranlage näherte, setzte ich mich auf eine schöne rote Bank am Flussufer und gab vor, in meinem Smartphone zu lesen. Damit ich nicht suizidal wirkte. Menschen in meinem Alter sitzen nicht einfach so allein auf Bänken und schauen in die Natur. Schon gar nicht mit der Kläranlage im Rücken.

Als niemand mehr in Sicht war, liess ich meinen Blick über den Fluss schweifen. Das Wasser schien nicht tief. Ein Stein ragte in der Mitte heraus. Die Wassermassen flossen anmutig vorbei. Es ist nur Gravitation, fiel mir ein, und trotzdem. Die Nachmittagssonne schien mir spätsommerlich mild ins Gesicht.

Auf der Uferwiese vor meinen Füssen landete ein Rabe. Er hatte die Pizzaschachtel gesichtet. Aufgeregt stelzte er um die Schachtel herum und pickte am Deckel, versuchte ihn zu öffnen. Seine Mühen blieben zunächst erfolglos. Der Deckel fiel immer wieder zu. Aber der Rabe war nicht dumm. Nach einer Runde aufgeregtem Geflatter nahm er den Deckel wieder in seinen Schnabel und schaffte den Sprung in die Pizzaschachtel. Triumphierend blickte er um sich und öffnete kurz seinen Schnabel. Keine Feinde in Sicht. Er machte sich über die Reste her, wobei sich der buntbedruckte Kartondeckel auf und ab bewegte. Ein Peperonistück flog in hohem Bogen durch die Luft. Der Rabe hüpfte schliesslich von der Schachtel weg, legte den Kopf zur Seite, trank einen Schluck Wasser im Fluss und hob zum Flug an.

Es gibt Schnecken, die ihre Artgenossen auffressen, aber es gibt auch Raben. Ich stand auf und machte mich auf den Heimweg.

Plötzlich ging es. Am Abend schlug ich das Buch meines Grossvaters auf. Seine elegante, geschwungene Handschrift auf der ersten Seite überraschte mich. Er wünschte mir alles Beste für mein Leben.

Ich las das Vorwort. Ich flüsterte mir die Wörter vor, eines nach dem anderen. Ich las die Seite dreimal. Bis ich fast alles verstand. Dann setzte ich mich an den Rechner und öffnete ein Übersetzungsprogramm. Die Sonderzeichen wurden mir bei jedem Satz vertrauter. Es war die Gutenachtgeschichten-Sprache meiner Kindheit. Widersprüche rieben sich in diesen knisternden Konsonanten aneinander: Tod, Schrecken und Geheimnisse dicht neben Wärme und Sicherheit.

Nein, schreibt mein Grossvater gleich zu Beginn, den Krieg konnte er sich als Junge nicht vorstellen. Auch die lebendigen Erzählungen seines Vaters, der im Ersten Weltkrieg gekämpft hatte, halfen ihm dabei nicht sonderlich.

Ich rollte mit den Augen, als er vom Vorkriegsleben in der Warschauer Altstadt schwärmte. Mit polnischen Juden, Tataren und Chinesen hätten sie alle in Harmonie zusammengewohnt. Alle seien arm gewesen, und man half sich gegenseitig. Es gab keine Unterschiede, betonte er. Keine Unterschiede. Ich hörte ihn die Sätze sagen und hakte nach. Klar, alle hatten ihre Witze über die anderen, würde er vielleicht antworten.

An einem goldenen Septembertag im Jahr 1939 wurde Warschau angegriffen. Mein Grossvater hatte an diesem Morgen vergessen, Radio zu hören. Er erfuhr es während der Arbeit in der Munitionsfabrik, wo er sich sein Geld für das bevorstehende Ingenieurstudium an der technischen Hochschule verdiente. Es war nicht so, dass alle beim Sirenengeheul einfach ihre Arbeit niederlegten. Die meisten machten einfach weiter, als wären sie in ein Honigglas gefallen, diese Septembermenschen. Erste Bomben hatten ein Arbeiterviertel in der Nähe getroffen. Auf dem

Heimweg sah er sie dann, die gespaltenen Häuser, die aussahen, als wären sie mit einem grossen Messer zerschnitten worden.

Die Alliierten würden sowieso bald einschreiten. So dachten alle. Wenige Tage nach Kriegsausbruch ging mein Grossvater ins Kino und sah sich mit seinen Freunden *Les Misérables* an. Das Kino sei zum Bersten voll gewesen. Der Film gefiel den Warschauern. Es stank und war laut im Kino, Aufseher versprühten giftigen Insektenspray.

Wenige Monate später, während der Besatzung, schreckte die Aufschrift »Nur Schweine gehen ins Kino« die Besucher von den Lichtspielhäusern ab.

Dass wirklich Krieg herrschte, wurde meinem Grossvater erst in jener Nacht nach *Les Misérables* bewusst, im Moment, als er das Kino verliess und in die stockfinstere Stadt trat. Keine einzige Laterne leuchtete mehr, es war still, die Menschen verharrten in ihren Wohnungen, die Fenster hatten sie schon lange zugeklebt. Ich fragte mich, ob mein Grossvater den Krieg wirklich erst dann realisierte oder ob er es während des Schreibens so empfand.

Je länger ich las, desto klarer wurde mir, dass mir nichts fremd war. Mein Grossvater hatte mir alle Geschichten schon einmal erzählt, wenn auch in einer weniger detaillierten und kindgerechteren Version. Wahrscheinlich ein pädagogisches Missgeschick, einem Kind nächtelang vom Krieg zu erzählen. Potentiell traumatisierend. Ich hatte es jedoch geliebt. Einen interessanteren Grossvater hätte ich mir nicht vorstellen können. Da er den Krieg überlebt hatte, waren seine Geschichten für mich alle mit einem leuchtenden Wunderfaden durchwebt. Ich hatte immer die Gewissheit, dass sie gut enden würden.

Ob er Deutsche umgebracht habe, fragte ich ihn einmal. Es war Krieg, antwortete er. Ich machte für mich ein Ja daraus. Vielleicht würde ich es bald erfahren.

Weil die Munitionsfabrik ihren Standort ins ukrainische Riwne verlegt hatte, fuhr er mit seinen Arbeitskollegen in Richtung Osten. Sie hatten nur das Nötigste dabei. Die Fahrt endete jedoch, als ihnen die Fahrräder gestohlen wurden und sie zu Fuss weitergehen mussten. Sie wurden von den Sowjets geschnappt und in ein Arbeitslager nach Smolensk gebracht, wo mein Grossvater und seine Kollegen in den Sommerkleidern bis in den Winter eine Strasse Richtung Westen bauen mussten.

Beim Essen seien die Russen erstaunlich grosszügig gewesen, notierte er. Kälte und Läuse waren die Hauptprobleme. Die Aufseher liebten es, von den polnischen Arbeitern Geschichten aus Warschau erzählt zu bekommen. Sie konnten nicht fassen, was man dort alles kaufen konnte. Die Polen erzählten viel und gerne, und die Augen der Russen glänzten. Aus lauter Langeweile hatte mein Grossvater eines

Tages ein Stalin-Porträt abgezeichnet und es einem Aufseher geschenkt. Dieser war vor Freude in Tränen ausgebrochen. Noch nie habe er ein so wundervolles Geschenk erhalten, schluchzte er.

Nach dem Gefangenenaustausch mit Deutschland begann die Zeit des Hungers. Mein Grossvater wurde im Januar 1940 mit den anderen Gefangenen im Güterzug durch seine Heimatstadt gefahren, ohne den Waggon verlassen zu dürfen. Am Warschauer Hauptbahnhof warfen sie Zettel für die Angehörigen auf die Bahnsteige. Seine Mutter erhielt die Nachricht.

Er landete in einem Arbeitslager in Oberbayern, wo er und seine Leidensgenossen wochenlang von dünner Suppe und gelegentlichen Brotstücken lebten. Sie trugen immer noch ihre leichte Kleidung vom September 1939. Eines Tages soll eine Kameracrew das Lager besucht und sie gefilmt haben. Zum ersten und einzigen Mal wurden Brot und Margarine aufgetischt. Ein Festessen. Regelmässig hätten die Lagerleiter versucht, Juden zu identifizieren. Keiner der Gefangenen hätte jemals einen Juden verraten, schrieb mein Grossvater. Ich versuchte, das zu glauben.

Nachdem er im Frühling desselben Jahres Dokumente für die Befreiung aus dem Lager erhalten hatte, kehrte er nach Warschau zurück und schloss sich dem Widerstand an. Die Gruppe druckte eine

Untergrundzeitung, das *Informationsbulletin,* und verteilte das Blatt in der ganzen Stadt. Ziel war der Aufstand.

Die entscheidende Stelle im Buch nahte. Der Tag nämlich, an dem das Pathos meinem Grossvater das Leben rettete. Ich hatte die Geschichte schon hundertmal gehört. Sie zu lesen war jedoch eine neue Erfahrung. Der Familienmythos stand jetzt in säuberlichen Zeichen vor mir.

Während der Besatzung hatte mein Grossvater begonnen, private Gesangsstunden zu nehmen, neben seinem Brotjob bei der Eisenbahn. Er war ein leichtsinniger junger Mann und spazierte mit seinen Gesangsnoten und dem *Informationsbulletin,* das er später verteilen wollte, in der Tasche die Strasse entlang, vertieft in ein Gespräch mit seinem Freund. Plötzlich Geschrei. Eine zweiköpfige Patrouille der Gestapo stand vor ihnen. Halt! Hände hoch! Einer der Männer schlug meinem Grossvater an den Kopf, weil er nicht sofort reagierte. Diesen Schlag hatte er mir als Kind verschwiegen. Sie wurden nach Waffen durchsucht. Da waren keine. Sie zeigten ihre Arbeitsausweise. Wohin sie gingen und woher sie kamen, wurde gefragt. Vom Gesangsunterricht, zum Mittagessen, stotterten die beiden. Ab da zauberte ich, schreibt mein Grossvater. Ehrfürchtig begann er Meister der klassischen Musik aufzuzählen, die er bewunderte: Mozart, Beethoven, Schubert, Wagner,

Brahms. Seine Beine drohten dabei vor Zittern unter ihm nachzugeben. Einer der Gestapomänner schien nicht überzeugt und griff nach der Tasche meines Grossvaters. Er hatte Mozarts *Zauberflöte* erwischt und befahl ihm, die Arie des Sarastro zu singen. Sing!, kommandierte er. Mein Grossvater begann: »In diesen heil'gen Hallen / kennt man die Rache nicht. / Und ist ein Mensch gefallen, / führt Liebe ihn zur Pflicht.« Der Basso meines Grossvaters muss dem Deutschen imponiert haben, er blätterte im Heft, zeigte mit dem Finger auf weitere Stellen. Sing das! Und mein Grossvater sang.

Stets hatte ich mir diese Strassenecke als eine Art Filmkulisse vorgestellt, wo rundherum alles unscharf wurde, wo nur die Schritte der Gestapo hallten. Ich war nie dort gewesen und schaute mir jetzt, da ich die Strassennamen vor mir sah, den Ort im Internet an. Ecke Kopernika und Ordynacka. Triste Wohnblöcke, ein paar Bäume, ein Supermarkt namens Żabka (Fröschchen), alte Pflastersteine mit dem Schriftzug »1916«, genau wie es im Buch stand.

Raus!, schrie der Gestapomann nach der Darbietung. Mit klappernden Zähnen machten sich die zwei auf den Weg und setzten sich, als die Polizisten ausser Sichtweite waren, vor Aufregung auf eine Treppe. Als mein Grossvater seinem Freund das andere Notenheft zeigte, in dem die Untergrundzeitungen versteckt waren, sei dieser grün geworden im

Gesicht. Ich musste nicht einmal lügen, schloss mein Grossvater das Kapitel.

Einst hatten wir einen Dokumentarfilm zusammen im Kino geschaut, mein Grossvater und ich. Über den Wiederaufbau der Stadt. Beim Anblick der Ruinenlandschaft hatte er hemmungslos geweint. Ich hatte mich geschämt. Dafür, dass er sich so gehenliess, und dafür, dass ich den Krieg nicht erlebt hatte.

Ich schlug das Buch wieder zu. Der Aufstand hatte noch nicht begonnen, noch hundert Seiten bis zum Schluss. Es war schon drei Uhr morgens. Samba dröhnte draussen aus einem Lautsprecher. Ein Festival war in vollem Gange. Ich schaute aus dem Fenster. Tanzende Hintern schwabbelten und zitterten im Blaulicht einer Polizeipatrouille. Ich legte mich ins Bett.

23

Das Ende dreier Affären musste gefeiert werden. Rico und Nada hatten sich am Wochenende bei mir eingeladen und schleppten Essen an. Rico hatte seine Beziehung endgültig beendet, ebenfalls per SMS. Nada hatte sogar die Polizei eingeschaltet. Und ich hatte von Elias einen Beziehungsratgeber erhalten. Er hatte ihn mir in den Briefkasten geworfen. *Wenn Nähe schmerzt – Beziehungsangst und ihre Folgen* war der Titel. Ein Zettel war beigelegt. *Vielleicht schaust du da mal rein. LG Elias.* Das erste Buch, das ich mit gutem Gewissen in den Kehricht geworfen habe.

Wir lümmelten in der Küche herum, tranken Wein und bereiteten Enchiladas zu.

Rico hackte etwa zehn Chilischoten klein. Damit treiben wir die bösen Geister der Vergangenheit aus. Nur die bösen. Er schniefte und keuchte und schob schliesslich feierlich die Backform in den Ofen.

Es wurde noch zehn Grad heisser in meiner Küche. Nada steckte sich einen Eiswürfel in den Ausschnitt.

Wir assen mit brennenden Zungen und laufenden Nasen, klebten an unseren Stühlen und fächerten uns gegenseitig Luft zu. Dann schlossen wir die Augen und stellten uns eine kühle Herbstbrise vor.

Ich erzählte von meiner nächtlichen Wanderung und wie es dazu kam.

Nada verschluckte sich vor Lachen. Du bist wirklich eine oberflächliche Tussi, typisch für diese Stadt. Jetzt hast du den idealen Schwiegersohn vergrault, den perfekten Führer! Tränen und Schweiss liefen ihr übers Gesicht.

Draussen wurde die Musik aufgedreht.

Nada berichtete von ihrer Erfahrung auf dem Polizeiposten. Ein Künstler, sagen Sie? Aha. So ein Exzentriker? Ja, Frau Stepo… äh Stepanović, also wenn er nicht handgreiflich wurde, können wir leider nichts machen. Und das mit der Leinwand ist sicher blöd. Aber verletzt wurden Sie ja nicht. Da steht halt Aussage gegen Aussage. Und diese Drohungen. Ja, also, ähm. Wir sind jetzt auf jeden Fall informiert, Frau Stapović, vielen Dank dafür. Wechseln Sie einfach Ihre Telefonnummer. Sie können sich jederzeit wieder bei uns melden. Besser einmal zu viel, sag ich immer!

Nada haute auf den Tisch. Der Wein in unseren Gläsern schwappte gefährlich. Ich müsste also blutüberströmt durch die Strassen rennen und mindestens zehn Zeugen beim Polizeiposten vorbeibringen? Jetzt bin ich bei denen als hysterische Idiotin registriert, die sich die falschen Männer aussucht. Und das Stepo-Stapo-Gestammel kann ich auch nicht mehr hören. Die machen das extra, diese Idioten! Als wäre mein Name eine Zumutung. Stepanović ist echt nicht schwierig auszusprechen! Die Fussballernamen können sie auch.

Rico und ich blieben still und nickten.

Die Musik setzte kurz aus. Eine einsame Stadtgrille zirpte im Hof.

Rico wischte sich den Schweiss von der Stirn und zündete sich eine Zigarette an. Edouard hatte dafür einen Nervenzusammenbruch und schlug eine seiner antiken Kommoden vor mir zu Kleinholz, als ich ihm vorwarf, er könne nicht zu mir stehen, und eine Beziehungspause forderte. Es war wie in *Shining*. Ich bin dann abgehauen.

Nada hob die Augenbrauen. Brav! Und jetzt, wie seid ihr verblieben?

Gar nicht. Er schickt beleidigende SMS. Das scheint im Trend zu sein. Zunächst schrieb er, ich sei noch nicht erwachsen, viel zu unreif. Als ich dann antwortete, es sei endgültig Schluss, meinte er, ich sei ein Parasit, dazu ein miserabler Schreiberling. Dann kam noch hässlich und fett. Dann Verlierer. Und so weiter. Am liebsten würde ich mich in sein Gewächshaus schleichen und auf seine Lieblingssukkulente pissen. Wollt ihr die Nachrichten sehen? Sie sind ziemlich unterhaltsam!

Nein, Rico, wollen wir nicht. Nada hielt ihre Hand über sein Smartphone. Es ist doch immer wieder dieselbe Geschichte. Wir lassen uns von diesen

Tyrannen nicht unser Leben versauen. Wir hören hiermit auf, über sie nachzudenken! Ich muss euch sowieso noch etwas sagen.

Nada stand auf, hob ihr Glas und schlug feierlich mit der Gabel drauf. Vergessen wir diese Armleuchter. Verfluchen wir sie hiermit bis in alle Ewigkeit. Es gibt noch einen Grund zum Feiern. Nada schaute uns an, als stünde sie auf einer Bühne. Ich habe den Wettbewerb gewonnen! Mein Werk wird am Bürkliplatz stehen, direkt am See. Was sagt ihr dazu?

Wir jubelten und führten einen kleinen Freudentanz auf. Sie zeigte uns auf ihrem Smartphone die Miniaturversion der Plastik. Passt auf, die Statue ist inspiriert von Aeneas und seiner Flucht aus Troja. Kennt ihr, oder?

Pfff... hab ich nicht mehr ganz auf dem Schirm, er hat Dido in den Selbstmord getrieben, der Hund, das weiss ich noch. Rico zuckte die Schultern.

Nada stöhnte. Egal, ich hab dieses Bild von Aeneas mit seinem Vater Anchises auf den Schultern genommen und uminterpretiert, das ist jetzt eine Frau, die ihr Kind auf dem Rücken trägt, in der Hand einen Plastiksack und ein Smartphone. Seht ihr? Das ist die Gipsversion. Eins zu vier. Sie wird aus Bronze angefertigt und drei Meter hoch. In einem Jahr steht die dort! Ha! Ein Jugoname auf einem Denkmal am Bürkliplatz!

Später torkelten wir in den Klub gegenüber. Der Laden war voller pulsierender, schwitzender Gestalten. Überhitzte Körper und stechende Blicke ringsum. Jagdsaison in der überreifen, kochenden Stadt.

Ich drängte mich an einem Schönling vorbei – sein Schweiss blieb an meinem Arm kleben. Was mich sonst angeekelt hätte, kam mir heute gelegen.

Aus den Boxen hämmerten dunkle Beats. Genau das, was wir brauchten. Weltuntergang und Wiedergeburt im glühenden Ofen. Anne Clark jaulte direkt in unsere Herzen. Es tropfte von der Decke und den nackten Rohren entlang. Die Tropfen spiegelten sich in den farbigen Lichtfetzen der Discokugeln und fielen auf die tanzenden Köpfe. Ausdünstungen der Wildnis mitten in der Stadt. Der Boden klebte, überall lagen Scherben verstreut. Der peitschende Rhythmus ersetzte das Denken. *We fight our insignificance / the harder we fight / the higher the wall.*

Ein Typ mit silberner Halskette ragte aus der Menge. Eine ziemlich verwegene Narbe zerschnitt seine Wange, die Haare hatte er mit Gel oder Schweiss nach hinten gekämmt. Kriegergesicht. Kokaingesicht. Informatiker? Egal. Ich lachte ihn an. Er lachte zurück. Ein Tropfen landete auf meinem Kopf. Ich blickte zur Decke. Nochmals Augenkontakt. Farbige Punkte tanzten auf seinem Haar. Er hob seine Hand zur Begrüssung. Ich tanzte weiter. Schloss die Augen. *Love is dead in Metropolis.*

Hallo? Sein Gesicht mitsamt Narbe plötzlich über mir. Ein Lichtregen zog langsam darüber. Jemand rempelte ihn an, seine Lippen berührten kurz mein Ohr. Kommst du eine rauchen?

Wir gingen ins Fumoir und redeten. Über unsere Jobs. Er war tatsächlich Informatiker. Über den Sommer und die Eisbären im Zoo. Über Hunde- und Katzenmenschen. Über Menschen mit Clownschmuck. Über Clownsammlungen. Er wohnte in der Agglo und kannte einige Clownsammler, in der Nähe von Mümmlikon sogar, und er wollte dortbleiben. Ich brauche die Stadt nicht, meinte er.

Ah ja. Wieso bist du denn hier?

Sein Lachen war unerwartet liebenswert. Die Narbe, erzählte er, habe er sich in seiner Kindheit zugezogen. Habe Süssigkeiten aus dem obersten Küchenschrank stibitzen wollen, sei auf die Messersammlung gestürzt. Es hätte schlimmer ausgehen können. Er nahm einen grossen Schluck Bier. Gehen wir raus? Es ist kaum auszuhalten hier. Er zeigte nach oben.

Ja. Ich sag schnell meinen Freunden Bescheid.

Nada stand allein am Rand der Tanzfläche. Ich bin bald weg, rief ich ihr ins Ohr.

Sie rollte mit den Augen. Aha, den Typen mit der Narbe hast du dir gekrallt. Keine schlechte Wahl. Schau, Rico hat auch schon einen gefunden. Ich sah mich um. Rico strich einem blonden Hünen eine

Strähne aus dem Gesicht. Das geht ja schnell bei euch! Eben haben wir Abschied gefeiert, schon holt ihr euch die nächsten Kandidaten. Ihr kriegt einfach nie genug.

Ich rempelte sie an. Nein, wir kriegen nie genug.

Nada hielt ihr Bierglas in die Höhe. Ich feiere heute mich selbst. Auf meine Kunst, meine Stadt, meine Zukunft. Prost!